기록하는 수집가의 단짝

(문구)

기록하는 수집가의 단짝

✳

유지현
이현경
정다은
정수연
채민지

메카르북스

차례

{ 노트 } · 유지현

{ 연필 } · 이현경

{ 지우개 } · 정다은

{ 스티커 } · 정수연

{ 마스킹 테이프 } · 채민지

유지현 @sosomoongoo

쓰는 사람을 위한 문구를 만드는 소소문구를 운영합니다. 학부 졸업을 앞두고 친구 넷이 모여 시작한 여름 방학 프로젝트였던 소소문구와 함께 한두 해를 보내다 보니 어느덧 10년이 되었습니다. '노트'라는 물건은 제게 익숙하고, 슬프고, 재미있고, 어렵고, 고맙고, 무한합니다. 한 권의 노트를 사용하다 보면 도톰해진 왼쪽 장들과 아직 안 쓰인 오른쪽 장들 그 중간이 보기 좋게 반으로 펼쳐질 때가 있습니다. 뿌듯함과 기대감. 두 개의 행복감을 동시에 맛보는 그 순간이 참 좋습니다.

{ 노트 }

"노트의 비어 있는 다음 장은
무엇으로 채워질까?"

제본소집 딸

원하는 장난감은 못 가져도 500원짜리 노트는 누구나 가질 수 있었다. 어린 시절의 노트를 떠올리면 대부분 비슷한 장면이 연상될 것이다. 학교 앞 문구점 진열장에 빼곡하게 꽂힌 노트의 얇은 책등, 알록달록한 캐릭터가 그려진 화려한 커버. 나는 그런 장면과 함께 여러 모양의 노트가 만들어지는 과정이 눈앞에 재생된다. 1985년 을지로에서 인쇄소로 사업을 시작한 아버지는 가족을 위해 서대문구 노고산동으로 자리를 옮겼다. 스프링 제본용 타공기를 구입하며 인쇄 일을 줄이고 제본 일로 사업을 확장했다. 노트와 다이어리, 메모지, 각종 광고지를 제작했다. 어딜 가나 사장님, 사모님이라고 불리던 부모님이 자랑스러웠다.

초등학교 3학년이 된 1997년, IMF의 영향으로 아버지의 제본소 사업은 부도를 맞았다. 거북이가 살던 어항과 우리 남매가 쓰던 이층 침대에 빨간 압류 딱지가 붙었다. 거기 적힌 말이 무슨 뜻인지 물었던 기억이 난다. 온 집 안이 빨간 딱지로 가득해져도 부모님은 밤낮없이 노트를 제본하기 위해 출근했다. 고학년이 된 나는 거의 매일 부모님을 원망했다. 돈도 안 되고 빚만 불리는 제본소 일로 왜 가족들을 힘들게 하는지 알 수 없었다. 결국 살던 집에서 쫓겨난 후에도 부모님은 가족을 지키기 위해 24시간 노트 만드는 일을 멈추지 않았다. 큰돈을 빌려 마포구 신수동으로 공장을 옮겼고, 나는 그 건물의 옥상에서 대학교 1학년 때까지 살았다.

아침 8시부터 어머니가 잠을 자기로 결심하는 시간까지 기계가 돌아갔다. 방학이 되면 공장에 가서 제본 일을 돕곤 했다. 종이가 팔레트 단위로 들어와 인쇄기에 걸리는 모습, 자키(끌개) 위에 동생을 태워 공장을 누비던 장면, 고무 망치를 두들겨 쓸 종이와 버릴 종이를 구분하고 도무송 작업을 마무리한 일, 타공하고 남은 동그란 종이밥들을 색깔별로 나눈 경험, 6공 바인더식 다이어리에 손가락을 끼워 장난삼아 달고 다닌 것……
그 공장에서 보낸 시간이 내 인생에 무척이나 선명하게 남아서 지금도 제본소에 방문하면 그때가 겹쳐 보인다. 당시 어머니가 매일 썼던 구식 타공기의 압력은 매우 셌고, 그만큼 소리도 요란했다. 우리가 살던 집은 거의 매일 미세하게 진동했다. 2~3초 간격으로 나는 둔탁한 기계음이 그 당시 키우던 푸들 미미에겐 얼마나 크게 들릴지 엉뚱하게도 난 그런 게 궁금했다.
제본 방식 구분 없이 노트에는 종이, 본드, 실, 스프링 같은 재료가 쓰인다. 종이를 접어 모서리에 실을 엮거나(양장 제본), 종이에 구멍을 뚫어 스프링을 걸거나(스프링 제본), 바느질하듯 종이 위로 실이 지나가면(미싱 중철 제본) 노트 모양이 드러난다. 당시 부모님의 공장에서는 원형이나 사각형으로 구멍을 뚫는 스프링 제본을 주로 작업했다. 종이에 구멍을 1회 뚫는 간격은 2~3초. 어머니는 종이 이삼십 장을 손으로 집은 후 타공대 위에서 가다듬었다. 그리고 오른발로 기계 하부에 있는 버튼을 살짝 누르면 타공 완료. 호기심에 나도 한번 해본 적이 있는데, 세게 누르거나 길게 누르면 타공이 연속으로 되어서 여간 까다로운 일이 아니었다. 짧고 가볍게 누르는 것이 중요했다.
요란하던 기계 소리가 멈추면 식사 시간임을 알아채고 곧 어머니가 오겠구나 생각했다. 한번은 어머니가 졸음 탓에 양쪽 엄지손가락을 타공기에 눌린 적이 있다. 물리 치료를 받으러 가는 어머니를 가끔 따라다녔는데 그 핑계로 어머니가 쉴 수 있어서 좋았다. 소소문구 운영자로서 사용하는 표현들을 뒤로하고 누군가 나에게 노트의 의미에 대해 묻는다면 부모님을 잠 못 자게 한 물건, 부모님을 아프게 한 물건이라는 대답이 가장 먼저 떠오른다.

하루 20시간의 노동으로 부모님은 매일 조금씩 빚을 줄여 나갔다. 구식 타공기를 한 번 누를 때마다 10원을 갚아 간다는 마음으로 어머니는 그 시절을 견뎠고, 지금은 연 매출 70억의 주식회사가 되었다. 부모님의 공장은 여전히 노트를 세상 밖으로 내보내고 있다. 이제는 2~3초 간격으로 발판을 눌러야 했던 수동식 타공기 대신 시간당 800부를 타공하는 자동식 타공기가 공장 한편을 차지하고 있고, 추가로 들인 양장 제본 기계가 내구성 좋은 노트와 다이어리를 생산한다.
부모님은 나와 소소문구의 행보에 양가감정이 든다고

했다. 선배로서 이 업의 어려움을 잘 알기에 걱정스러운 마음과 인쇄 업계에 당신들의 자식이 기여한다는데 감사한 마음.

소소문구 제품의 90% 이상을 부모님의 공장에서 제조한다. 어린 시절에는 그저 놀이터였던 공간이 지금의 내게는 사뭇 다른 의미가 되었다. 20년 가까이 공장에서 일하고 계시는 분들의 뒷모습을 바라보고 있자면 서로의 책임을 다하는 곳, 팔레트에 차곡차곡 섬처럼 쌓여 있는 소소문구의 제품을 살펴보고 있자면 모두의 고집을 실천하는 곳, 수많은 박스를 분주하게 옮기는 택배 상차 작업을 볼 때면 각자의 노고를 인정받을 수 있는 곳이 된다. 그렇게 제본소집 딸은 문구 브랜드의 대표가 되었다.

비어 있는 책

'노트'보다는 '공책'이라는 표현을 선호한다. 공책이라는 이름이 이 물건의 의미를 입체적으로 전달하기 때문이다. 공책空冊, '비어 있는 책'이라는 한자어다. 지난 10년 동안 공책이라는 물건을 나름대로 정의하기 위해 적잖이 애썼다. 아날로그 감성을 지키는 도구, 뇌를 종이화한 문구, 개인의 역사책 등 조금 거창한 표현도 있고, 생각과 마주하는 도구처럼 두고두고 쓰고 싶은 표현도 있다. 하지만 비어 있는 책이라니, 이토록 명료할 수가. 사물을 그대로 설명하는 말이면서 동시에 '비어 있다'라는 표현이 내게는 종교적으로 그리고 시적으로 다가온다. 기능적인 소모품 그 이상의 기대를 품게 한다. 과장하자면 분신이나 부적처럼. 그래서 공책이라는 단어가 좋다.

소소문구를 걱정하는 손님들의 말에는 공통점이 있다. "아무래도 핸드폰 메모장이나 태블릿, 노트북을 더 쓰게 되니까…"라고 하며 말끝을 흐리는 것이다. 그렇지만 나는 사람들이 쓰고 있다는 사실에 안도한다. 나를 포함한 동시대 사람들이 여전히 자신의 생각을 계속해서 쓰고 있다는 것은 다행인 일이다. 도구가 무엇이든 먼저 충족되어야 하는 조건이다. 핸드폰 메모장이 되었든 태블릿 애플리케이션이 되었든 노트북 내 문서 폴더가 되었든 중요한 건 비어 있는 공간에 여전히 무언가를 쓰고 있다는 사실이다.

쓰기는 듣기, 말하기, 읽기와 함께 인간의 사고를 확장하는 행위 중 하나다. 사고를 확장한다니, 한 번에 이해가 되지 않는다. 나는 듣기를 통해 그 의미를 이해했다. 올해 1월부터 청취 중인 오디오 매거진 〈정희진의 공부〉 2023년 4월호의 마지막 챕터에서 흥미로운 발제문을 발견했다. '사과'라는 말을 들었을 때 연상되는 것이 무엇인가? 정희진 편집장은 갈변 현상, 미국의 애플사부터 어린 시절 아버지가 재떨이 대신 사과 껍질을 사용했던 기억, 담뱃불에 지져진 사과 껍질이 풍겼던 사과 향을 연상했다. 반면 나는 사과 하면 대학 입시 시절이 떠오른다. 당시 사과는 입시생들이 구의 모양을 이해하고 쉽게 연습할 수 있는 대표적인 자연물이었다. 고전 회화에서 가장 흔하게 등장하던 정물이기도 하고. 그래서인지 사과는 당시 미술 대학 실기 시험 주제로 자주 등장했다. 미술 학원 정물 테이블에 놓인 사과는 일주일쯤 지나면 수분을 잃어 쪼그라들기 시작했다. 정물로서의 역할을 다한 사과들은 쓰레기통에 버려진다. 입시생들이 입체 개념을 이해하고 연습할 수 있도록 이 손 저 손 옮겨 다니다 버려지는 사과. 내게 사과는 희생이다.

그렇다면 쓰기를 통해서 어떻게 사고를 확장할 수 있을까? 가장 쉬운 방법은 듣고 읽은 것을 종이 위에 적는 것이다(쓰기의 치료 기능은 배제하겠다). 강의 내용을 적어도 좋고 읽은 책에 대한 감상을 써도 좋다. 노랫말이나 다양한 종류의 글이 모두 쓰기의 재료가 될 수 있다. 책 『아비투스』를 예로 들어 보자. 아비투스란 인간의 무의식적인 성향을 뜻하는 사회학 용어다. 저자 도리스 메르틴은 이 성향을 여덟 가지의 자본으로 분류한 뒤 각 자본의 개념을 정리하고 사례를 소개하면서 독자로 하여금 아비투스를 체화하도록 돕는다. 나는 이 책을 통해 무수히 많은 사회인문학 용어와 유명 인사를 접했다.

이 책의 두 번째 챕터 끝에는 저자와 심리학자 에파 블로다렉의 인터뷰가 실려 있다. 저자가 그에게 엘리트로 여기는 인물에 대해 묻자 에파 블로다렉은 '게르하르트 리히터'를 꼽는다. 이 부분을 읽고 예상되는 독자의 행동을 정리하면 다음과 같다.

1. 이미 '게르하르트 리히터'를 알고 있으므로 다음 장으로 넘어가기
2. '게르하르트 리히터'를 어떤 유명인이 언급한 또 다른 유명인 정도로 이해하기
3. '게르하르트 리히터'를 검색해 보기
4. '게르하르트 리히터'를 검색해 보고, 그와 관련된 미술 개념과 사상을 훑어보기
5. '게르하르트 리히터'를 검색해 보고, 그와 관련된 미술 개념과 사상을 노트에 적기

나는 새로운 예술 작품을 적극적으로 알아 갈 때 행복하다. 그렇기 때문에 5번이 내 행복감을 두 배로 키워 주는 일임을 안다. 노트의 흰 바탕 위에 게르하르트 리히터라는 예술가에 대해 쓴다. 그를 설명할 때 등장하는 새로운 용어를 쓴다. 『아비투스』라는 책을 읽고 손으로 옮겨 쓰며 '모노크롬', '폴리크롬', '그리스어 polus, pollo, poly', '이브 클라인의 파랑'까지 알게 되었다.
듣기를 통해 '사과'를 '희생'으로, 쓰기를 통해 '아비투스'에서 '이브 클라인의 파랑'까지 사고의 범위를 넓혔다. 휴대폰 메모장이나 태블릿 애플리케이션, 노트북 내 문서 폴더 어디든 괜찮다. 비어 있는 공간이라면 사고의 범위를 마음껏 넓힐 수 있을 테니. 나는 단지 내 생각과 마주하는 도구로 비어 있는 책, 노트를 선택했을 뿐이다.
이제는 누구나 안다. 휴대폰 메모장이 가진 대체 불가한 편리함을. 그럼에도 사고의 범위를 넓히는 공간으로 노트를 선택한 이유는 종이라는 물성이 가진 매력 때문만이 아니다. 우리의 사고는 불, 물, 공기의 성질과 닮아서 지면 위에서 활활 타오르거나 흐르고, 날아다니거나 흩어져야 비로소 확장되기 때문이다. 노트의 비어 있는 다음 장은 무엇으로 채워질까?

디깅 노트로 향하는 여정

몇 달에 걸쳐 끙끙대며 준비하던 다이어리가 최종.ai, 최종2.ai, 최종3.ai을 거쳐 드디어 제작에 들어갔다.
올봄에서 여름으로 넘어갈 즈음, 아기 살결처럼 부드러운 원단을 찾게 되었다.
함께 머리를 맞대고, 콘셉트에 대해 고민했다.

어떤 노트에는 아주 내밀한 이야기까지 담게 된다.
동시에 자신을 마주 보게 되고, 깊이 알게 된다.
그렇게 '작고 깊이 나를 들여다본다'라는,
내가 생각하는 노트라는 물건이 세상에 존재하는 이유에서부터 시작.
색상마다 이름을 만들고, 어울리는 색을 찾았다.
사실 '시월의 밤비'라는 이름의 색상도 있었는데, 다음을 기약하기로 했다.

고요한 대화. 모두가 잠든 고요한 밤, 가만히 누워 지난 나의 하루를 되돌아본다.
새벽의 안개. 분주했던 어제를 보내고 오늘을 기다리는 새벽, 차분한 마음으로 나를 마주한다.
소라 속 바다. 작년 여름 주워 온 소라에 눈을 감고 귀를 기울이면, 추억 속 그때의 바다로 돌아간 것만 같다.

작고 깊은 노트에 매일의 기록을 모아, 자신을 추억하고 미래를 그릴 수 있는 소중한 보물이 되었으면 좋겠다.

2015년 11월 23일
방지민 디자이너의 작업 노트에서

2020년 봄, 당시 소소문구에는 소비자 가격 7,800원의 '작고 깊은 노트 Little Deep Notebook'이라는 제품이 있었다. 방지민 디자이너와 나는 2013년 3월부터 2021년 6월까지 동업으로 소소문구를 운영했다. 그와 함께 노트를 만드는 내내 중요하게 여긴 것이 있었다. 바로 제품에 콘셉트와 이야기를 담는 것이다.
디자인 제품 영역 안에서의 콘셉트란 무엇일까. 콘셉트는 어떤 작품이나 제품, 공연, 행사 따위에서 드러내려고 하는 주된 생각이다. 라틴어 Concipere에서 시작된 단어로 Con(함께, Together)과 Cept(잡다, 갖다, To Take)가 합쳐진 것이다. 제품에 깃든 개념, 제품이 담고 있는 생각이라는 뜻으로 언어와 시각물로 표현되어 타자에게 전달된다. 즉, "무슨 콘셉트를 담고 있나요?"라는 질문은 "무슨 생각을 갖고 있나요?"와 같다고 볼 수 있다.

한용운의 시 〈산촌의 여름 저녁〉을 모티브로 한 '흙숲밤 드로잉북', 폴 세잔, 빈센트 반 고흐, 클로드 모네가 작품에 사용한 색을 조색해 염색한 플래너와 화가들의 말을 담은 책갈피를 함께 구성한 '온팔레트 플래너', 일러스트레이터의 서랍 속에 쌓여 있는 드로잉을 찾아

엽서, 스케치북으로 재탄생시키는 '소작 프로젝트' 등 우리가 중요하게 여기는 생각과 이야기를 제품에 담으려 했다.
문제는 이 생각들 대부분에 기준이 없었고, 있더라도 무척 모호했다는 것이다. 조국과 자연을 예찬하는 한용운 시인의 말을 담았다가, 바다 건너 한 시대를 대표하는 예술가들의 색깔을 쓰다가, 카드와 편지지를 만들기 위해 일러스트레이터와 함께 소작 프로젝트를 시작하는 식이었다. 우리는 하나의 명확한 방향성 없이 중구난방으로 제품의 콘셉트를 정했다. 이런저런 다양한 시도를 하다 보면 우리만의 것이 생기는 드라마틱한 순간이 올 것이라는 무모한 기대를 했다. 색, 서체, 톤앤매너 등 시각적인 요소들만 다룰 줄 알던 나와 방지민 디자이너는 브랜딩에 대한 개념이 없었거니와 그 필요성조차 모른 채로 몇 년을 보냈다.
메이커, 마크, 로고, 심볼 정도로 파편화되어 불리던 것들이 2018년쯤 브랜드라는 상위 개념으로 여겨지기 시작했다. 이 바탕에는 이미지를 매개로 소통하는 인스타그램의 역할이 컸다고 생각한다. 인스타그램의 해시태그에는 분류를 만들고, 콘텐츠를 모으고, 흩어진다는 규칙이 있다. 이러한 과정은 카오스 속에서 '자기다움'과 '우리다움'을 찾으려는 행위를 부추긴다. 그리고 이러한 행위를 개념적으로 부르는 것이 '브랜딩'이다. 하지만 시간이 지날수록 사람들의 안목과 미감은 더 다양해지고 유행은 빠르게 변화하는 탓에 시각적인 언어보다는 쉽게 변하지 않는 비시각적인 언어 즉 철학이나 생각, 사상, 정신을 누가 더 잘 이야기하느냐가 중요해졌다. 그렇기 때문에 고양이나 꽃, 디저트 사진과 같은 게시글이 더 이상 좋아요 치트 키의 역할을 하지 못하는 것이다.

작고 깊은 노트 Little Deep Notebook의 디자인에 대해 말하자면, 통장 제본(스테이플러 혹은 미싱으로 엮은 내지 바깥에 1:1 사이즈의 표지를 부착하는 제본 방식)으로 제작한 합성 피혁 원단의 줄 노트다. 재질의 견고함과 만듦새에 대한 긍정적인 후기가 많았지만 표지와 면지가 구부러지는 현상('바가지 진다'라는 은어로 표현되기도 한다)과 높은 소비자 가격 때문에 재생산을 고민하고 있었다. 2020년부터 소소문구의 브랜드 매니저로 있는 김청이 이 노트를 안건으로 내놓았다. 디자인과 공정 이슈를 해결한 다음 다시 출시했을 때, 과연 우리가 기대한 만큼 사랑받을 수 있을까? '작고 깊은'이라는 낭만적인 콘셉트와 이야기를 더 팔릴 만하게 만들기 위해서 무엇이 필요할까?
"'작고 깊다' 같은 추상적인 말 말고, 더 구체적인 콘셉트가 필요해요." 당시 소소문구에 제품을 파는 직책은 김청 브랜드 매니저뿐이었다. 그렇기에 제품의 마케팅, 세일즈에 관한 안건은 모두 그 한 명에게서 나왔다. 그는 가격과 품질도 중요하게 생각했지만 '완성도 있는 브랜딩'을 가장 강조했다.

기존에 소소문구가 가지고 있던 키워드 '작고, 깊고, 소소하고, 따듯하고, 아기자기하고' 같은 감상적인 단어들로는 완성도를 높이기 부족했다. 여지가 많은 형용사들로 아무리 요란하게 요리해 봤자 수십만 권의 노트와 수많은 디자인 문구 브랜드 사이에서 우리 노트를 각인시키는 것은 불가능했다. 김청은 행동 지향적인 단어를 찾고 싶어 했다. '작고 깊다'라는 상태에서 시작하되, 이 제품의 주인공인 사용자의 행동을 설명하는 단어 말이다.
그리하여 '나를 들여다보는 일'로 방향을 잡고 그 첫 번째 방법으로 '내가 좋아하는 것을 아는 일'을 제안해 왔다. 호박을 좋아하는 쿠사마 야요이가 호박을 주제로 예술 세계를 펼치듯 말이다. 사람들의 '호박'을 찾아 주고 담아 주는 도구로서 이 노트가 기능하기를 바랐다. '깊이 있게 들여다본다'라는 소소문구가 지닌 기존의 언어는 '좋아한다'라는 어떻게 보면 참 단순하지만 명확하고 행동 지향적인 단어로 연결되었다.

'깊다'와 '들여다보다' 등 작고 깊은 노트 Little Deep Notebook에서 나온 단어에 방점을 두고 브레인스토밍을 했다. 한자의 우물 정井 자에서부터 물을 퍼내는 펌프 등의 이미지와 메타포를 찾았다. 하지만 나는 펌프라는 메타포에 호감을 느끼지 못했다. 펌프의 모양과 어감의 인상에서 디자인적 호기심이 생기지 않았고, 자신을 들여다보는 상징으로서 펌프를 연결하는 것이 다소 억지스럽다고 생각했다(펌프라는 도구를 사용해 본 적이 없기에 친밀도가 '0'에 가까워서 그랬던 것 같다). 구성원 모두가 동의하는 메타포를 찾기 위해 단어 위주의 브레인스토밍 회의를 다시 진행했다. 나는 '왜'라는 질문을 하는 역할이다. 소소문구의 제품을 사야 하는 이유를 구성원들끼리도 설득하지 못하면 불특정 다수의 사람들도 당연히 설득하지 못할 것이라는 판단 때문이다.
브레인스토밍 단계에서 '구구절절 설명이 많은 제품이 과연 좋은 제품일까?' 하는 의문이 들기도 했다. 하지만 기존의 관점만으로는 시장에서의 한계가 분명했고, 그 한계를 매출로 체감하던 시기였다. 의문에 대해 답을 찾고 입 아프게 회의하는 일이 고되었지만 마치 무용수가 다리를 찢는 연습을 하듯 김청 브랜드 매니저와 일을 하는 것은 나에게 관점을 넓히는 연습이 되었다.

우리는 '좋아하는 마음'에 대해 생각하는 일을 멈추지 않았다. 어려웠다. 그리고 그 대답 때문에 순식간에 이 노트의 콘셉트가 뻔해지는 것 같아 무섭기도 했다. 좋아하는 마음의 메타포라면 하트부터 시작해야 하나 싶었기 때문이다. 그러던 중에 '깊이 있게 무언가 하나를 파는 일'의 동사 '파다'의 영어 단어인 'Dig'를 찾게 된 건 소소문구다운 일이었다. 언제나 사전을 열어 놓고 회의를 하기 때문이다. 흔히 쓰이는 단어라도 각자 생각하는 개념이 다를 수 있고, 그 개념을 하나로 한 뒤에 이야기를 이어 가야 한다.
동사 Dig를 콘셉트의 중심에 둔 것이 이 제품의 정체성을 뚜렷하게 만들었다. Dig라는 단어는 해결의 실마리 역할을 했고, 이어지는 단계를 쉽게 풀어 나갈 수 있었다. Dig할 때에 떠오르는 장면 속 실체들을 은유로 사용하면 되기 때문이다.

> 사람이 파는 대상은 땅, 그것을 팔 때 필요한 것은 삽
> → 쓰는 사람이 기록하는 곳은 종이, 쓰는 사람이 기록할 때 필요한 것은 삽이 각인된 노트

소소문구의 디깅 노트가 탄생한 과정이다. 튼튼한 커버에 잘 써지는 내지를 실로 단단하게 엮어 내면 그만이지, 땅이니 삽이니 하는 메타포가 필요한 이유는 무엇일까? 쓰기나 기록 같은 가치 측면으로서의 노트가 아닌, 자본주의 시장 안에서의 노트를 보자.

먼저 디깅 노트는 막 쓰는 노트로 포지셔닝되어 있지 않다. 쓰는 사람이 하나의 주제를 자신의 페이스에 맞춰 채워 갈 수 있기를 바라며 기획하고 디자인했다. 그

에 따라 커버로는 견고한 원단을, 더욱 부드러운 필기감을 위해 일반 모조지가 아닌 한솔제지의 매끄러운 캠퍼스지를 내지로 골랐다. 그러다 보니 16,800원이라는 결코 저렴하지 않은 가격이 매겨졌다. '튼튼한 원단의 커버와 매끄러운 종이를 사용해 16,800원짜리 노트가 되었습니다.' 이 한 문장을 가지고 시장에서 노트를 팔 수 있을까? 소소문구라는 브랜드를 각인시킬 수 있을까?
노트는 인쇄술과 함께 발달해 온 오랜 역사의 공산품이다. 수만 가지 디자인과 만듦새가 이미 존재하고 널리 알려져 있기도 하다. 그래서 노트 시장의 진입 장벽은 비교적 낮지만 바라보는 소비자의 눈높이는 높다. 이 레드오션에서 소소문구는 품질과 재료만 가지고 승부를 볼 자신이 없다.

작고 깊은 노트 Little Deep Notebook의 품질을 개선하고, 시장에서 승부를 볼 수 있는 콘셉트를 더한 결과 디깅 노트가 탄생했다. 디깅 노트의 콘셉트는 사용자의 특정 행동을 유도하는 동사 Dig인 것이고, 사용자의 특정 행동을 유도하는 것이 소소문구라는 문구 브랜드의 브랜딩 방향성이다. 여기서 '사용자의 특정 행동'은 그동안 소소문구가 선보인 각종 캠페인과 제품 상세 페이지, 인스타그램 캡션 등에서 쉽게 확인할 수 있다. '기르다, 열매 맺다, 펼치다, 건지다, 시도하다, 발견하다.' 소소문구는 쓰기를 통해 사용자의 행동을 유도하고, 사용자의 삶이 더 나아지는 것을 목표로 한다.

G NOTE 출시(축)
Digging하고 싶으세요 ?
I'm Digging
Baking
버킷리스트

쓰는 사람의 수첩 탐험기

수첩만큼 과소비하는 물건이 없다. 작은 부피와 비교적 저렴한 가격 때문일까. 죄책감은 0에 수렴한다. 책을 구매할 때 언젠가는 읽겠지 하는 마음인 것처럼 수첩 또한 언젠가는 쓰겠지 하는 마음으로 구매한다. 수첩手帖이라는 단어에 손을 뜻하는 한자가 들어가 있듯 손바닥에 들어오는 크기여야 한다. 손바닥에 들어오는 문서. 수첩을 구매하는 이유는 하나다. 귀하고 중요한 것을 놓칠까 두려운 마음. 귀하고 중요하다 생각하는 것에는 개인차가 있겠지만 내게는 일에 도움이 되는 정보, 쉬지 않고 떠오르는 생각 그리고 이미 세상에 있는 멋진 말들이다. 이 세 가지를 놓치지 않으려고 수첩을 과소비한다. 구매를 결정하는 기준은 이렇다.

첫째, 몰스킨, 캠퍼스, 컴포지션, 미도리 등 세계적으로 유명한 해외 브랜드 노트.
둘째, 한 번도 본 적 없는 디테일이 있는 노트. 노트 뒷부분에 '100% Post-Consumer Waste Recycled Paper(100% 前 사용자가 버린 종이 재활용)' 같은 굉장히 솔직한 문구가 적혀 있거나, 내지의 모든 페이지에 손바닥 모양이 그려져 있는 Clap Note 등이 그렇다.

손글씨가 큰 편이고 지면 위를 이리저리 오가면서 쓰는 것이 습관이라 평소 A5 판형의 노트를 가장 애용한다. 검수 중에 나온 디깅 노트(A5) 불량본을 7권째 쓰고 있다. 수첩을 쓰는 경우는 작은 가방을 멜 때와 무거운 짐이 있는 날이다. 그래서 A5 판형의 노트보다 사용 기간이 길다. B6 판형 이하의 노트를 수첩이라고 본다면 나에게는 약 50~60종의 수첩이 있다. 그중 마지막 페이지까지 모두 사용한 수첩 3권과 현재 쓰고 있는 수첩 2권에 대해 이야기해 보려고 한다.

1. 몰스킨 Moleskine, 클래식 노트 하드 커버 스칼렛 레드(포켓), 클래식 노트 소프트 커버 베이지(포켓), @핫트랙스 HOTTRACKS 광화문점, 서울 종로구

몰스킨을 구입하는 이유는 단 하나였다. 세계에서 가장 유명한 노트인 이유를 알기 위해서. 몰스킨 노트는 형태와 구조가 훌륭하다. 닫힌 커버를 고정하는 고무줄과 커버 안쪽에 덧대어진 종이 포켓. 이는 과거 프랑

스에서 만들어진 노트 형태 중 하나로, 이탈리아는 이 형태를 현대에 어울리도록 만듦새를 보완하고 디자인해 몰스킨으로 브랜딩했다.

클래식 노트 하드 커버 스칼렛 레드와 클래식 노트 소프트 커버 베이지를 모두 사용했다. 나는 작은 노트에 글씨를 쓸 때 손에 힘이 많이 들어가는 사용자다. 손을 움직일 수 있는 지면의 범위가 좁기 때문에 위에서 아래로 누르듯이 힘주어 손을 움직이게 된다. 그래서 몰스킨처럼 평량(종이의 중량, 1×1(m) 크기의 미터 평량엔 gsm(Grams of Square Meter) 단위를 쓴다)이 낮은 내지엔 흑연이나 잉크가 종이 위에 묻는 것이 아니라 마치 각인이 되듯 기록이 남는다. 나는 종이 뒷면에 자국이 남는 것을 신경 쓰는 사용자는 아니다. 하지만 몰스킨의 내지는 특히나 얇기 때문에 종이 뒷면에 각인할 마음의 준비를 하고 쓴다.

커버 원단은 금방 닳았다. 문제는 닳아서 나가떨어져야 할 원단 찌꺼기가 가루가 되어 가방 속 여기저기에 흩날리는 것이었다. 특히나 소프트 커버 노트는 그 정도가 심했다. 노트의 커버 원단을 고를 때 시간이 지남에 따라 원단이 어떻게 변하는지 미리 테스트해 보지 못해 놓친 부분이라고 생각한다. 혹은 충분한 시간이 주어지지 못했기 때문에 발생한 일정상의 문제였을 수도 있다. 대량 생산되는 노트를 디자인하는 사람으로서 충분히 있을 수 있는 실수라고 생각한다.

2. 에밀리오 브라가 Emilio Braga, Cloth Color Cloud(A6), @포인트 오브 뷰 Point of View, 서울 성동구

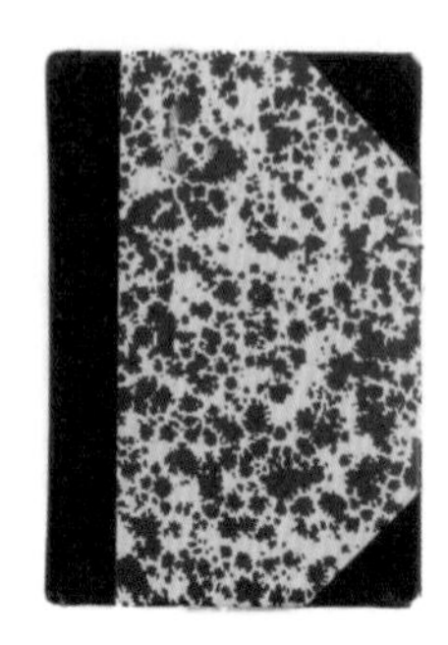

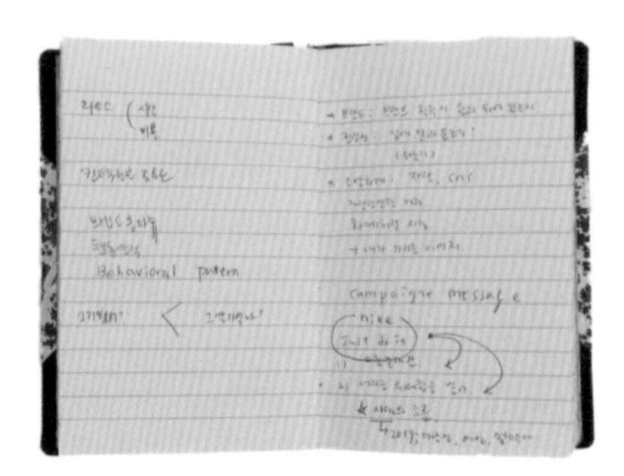

성수동에서 가장 유명한 문구점 포인트 오브 뷰에서 구입한 노트다. 유럽에서 수작업을 가장 잘하는 나라 포르투갈에서 왔다. 이 노트를 처음 봤을 때 미국의 컴포지션 노트가 떠올랐다. 컴포지션 노트의 하이엔드 버전 같았다고 할까? 그리고 커버를 열었을 때 포르투갈어로 정성스레 적힌 제품 소개 글을 보면서 둘 중 무엇이 더 먼저일지 궁금해졌다.

많이들 알고 있는 지금의 컴포지션 노트는 19세기 중반 프랑스에서 미국으로 건너왔다. 컴포지션 노트에는 역사가 180년이 넘는 노트라는 수식이 늘 따라다닌다. 에밀리오 브라가는 1918년 포르투갈 리스본에서 시작되었으니 컴포지션 노트와 수십 년의 차이가 있다. 여

기서 흥미로운 점은 에밀리오 브라가와 컴포지션 노트 표지의 모티브가 되는 마블 패턴에 대한 저작권을 아무도 가지고 있지 않다는 것이다. 프랑스에서 처음 개발된 마블 패턴 모티브가 미국 땅으로 건너가 중철 제본과 만나 대량화 대중화에 성공했고, 1918년 리스본에서는 이 모티브를 희소화 고급화해서 성공한 것으로 보인다.

이 수첩을 쓰면서 가장 만족한 사양은 딱딱하고 두꺼운 커버다. 평량 약 2,000gsm 정도 되는 보드를 사용한 것으로 추측한다. 그래서 서서 쓸 때 덜 불편하다. 하지만 수첩에 앞뒤 표시가 따로 되어 있지 않아서 사용자가 앞뒤를 구분할 수 있는 스티커를 부착해야 한다. 가장 의아했던 점은 바로 얇은 면지(제본된 책이나 노트의 표지와 내지를 연결하는 종이, 맨 앞과 뒤에 1매씩 부착되어 있다)다. 평량 대비 질긴 종이겠거니 짐작했고, 다행히 사용하는 동안 제 역할을 잘했다. 하지만 수첩을 모두 쓰고 살펴보니 내지 알책(커버를 제외한 내지와 면지를 부르는 제본 현장 용어)이 전반적으로 수첩 아래쪽으로 가라앉아 있었다. 내지를 잡고 있는 힘이 약해 생긴 현상이었다. 또한 내지의 줄 인쇄가 비교적 진한 편이라 그에 맞추어 두껍고 진한 필기구 위주로 사용할 수밖에 없었다.

3. 안티카 카르토테크니카 Antica Cartotecnica, ACE Exercise Book(Medium), @Goods For The Study(굿즈 포 더 스터디), 뉴욕 맨해튼

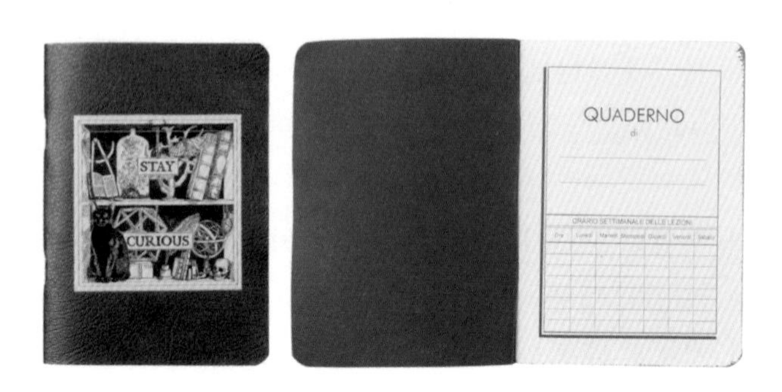

엽서 한 장만 봐도 그것을 만든 사람이 가장 중요하게 생각하는 가치와 정신이 무엇인지, 형성하고자 한 세계관이 무엇인지 상상한다. 실용과 체계를 중요하게 여기는 독일의 경우 바인더나 노트류의 판형이 엄격하고 제품에 사용되는 색상 또한 구체적으로 설정되어 있다. 독일의 몇몇 학교에서는 과목별로 바인더나 노트의 판형과 색, 개수를 지정해 주기도 한다. 이러한 특성에 따라 독일의 문구 회사들도 체계에 맞춰 제품을 디자인하고 생산한다.

개인의 취향과 다양성을 중요하게 생각하는 미국의 경우 메시지가 직접적으로 드러나는 제품이 압도적으

로 많다. 예를 들면 이제는 너무나 흔한 VMD(visual merchandising) 방식 중 하나지만, 특정한 색상이나 패턴으로 하나의 매대를 가득 채워 매대 위에 놓인 제품을 모두 구입하고 싶도록 유도하거나(꽃다발 효과) 개인이 중요하게 생각하는 가치관, 슬로건이 전면에 인쇄되어 그 목소리에 힘을 더해 주는 식이다.

안티카 카르토테크니카 노트를 보면서 미루어 짐작한 이탈리아 브랜드에 대한 생각은 딱 하나다. 바로 가죽에 대한 자신감. 안티카 카르토테크니카는 로마에 있는 문구 브랜드로 현재 삼대를 걸쳐 이어 오고 있다. 펜과 지류에서 시작해 가죽으로 만든 봉제 상품들로 제품군이 확장되었는데, 안티카 카르토테크니카의 가죽 봉제 상품은 가죽이라는 소재를 세계에서 가장 잘 가공하는 이탈리아의 기술력이 돋보이는 사례라고 생각한다. 이 노트는 커버 가죽 외에는 종이나 제본 방식, 스테이플러 심, 길딩(Book Edge Gilding, 내지의 변색과 오염을 막는 기술. 서기 400년경 유럽에서는 성경 책을 신성하게 장식하기 위해 실제 금을 사용하기도 했다. 국내에서는 경기도 파주에 위치한 '도봉금장'이 이 기술을 자랑한다), 마감 등 다른 요소에 대해 고민한 흔적이 하나도 보이지 않는다. 그래서 더 명료하다. 보통 가죽 커버라고 하면 60페이지 이상의 고급 노트를 떠올리는데, 무심하게 스테이플러 심으로 엮은 가죽 중철 노트라니. 근사하게 에이징되어 있을 이 노트의 10년 뒤가 기다려진다.

4. 라이프 Life, Noble Memo Ruled 100 sheets(B7), @ Loft(로프트), 도쿄

부드러운 질감의 누리끼리한 내지가 매력적인 이 상철 제본(좌우로 넘기는 것이 아니라 상하로 넘기는 제본 형태) 노트에 오직 나만 볼 수 있는 일기를 썼다. 인간관계의 어려움을 토로하며 구체적인 날짜와 상대방의 이름 등을 낱낱이 써 내려갔다. 문제라고 생각하는 것들을 쭉 나열하고 숫자로 사람들과 나 사이의 관계에 대한 점수를 매겼다. 이런 글은 절대 밖으로 새어 나가서는 안 된다. 아홉 장 정도 채웠을 즈음 노트 낱장이 힘없이 후드득 떨어져 나갔다. 누군가에게 노트를 들킨 것도 아닌데 심장이 덜컹 내려앉았다. 속절없이 흩어진 내지를 보면서 무엇이 잘못된 것인지 생각했다.

첫째, 가장 연약한 방식의 제본인 무선 제본(본드로 노트의 등을 고정하는 제본 형태, 떡제본이라고 부르기도 한다) 노트를 고른 것.
둘째, 이 노트는 뜯어서 사용하기를 권장하는 제품인데, 'LIFE'라는 금빛 로고에 이끌려 무작정 구매하고 개인적인 내용을 써 버린 것.

노트는 컵과 비슷한 면이 있다. 머그잔, 찻잔, 와인 잔, 샴페인 잔, 에스프레소 잔처럼 용도에 맞는 컵을 사용해야 컵에 담긴 내용물의 맛과 깊이를 충분히 음미할 수 있듯이 노트 역시 기록의 목적에 알맞은 노트를 사용해야 보다 깊이 사유할 수 있다. 뜯어서 사용해야 하는 노트에는 구체적인 날짜와 상대방의 이름을 적지 않기를 바란다. 이 노트에는 개인적인 내용을 뺀 모든 것을 적을 수 있겠다.

5. 디컴포지션 Decomposition, Dinosaurs Pocket Sized Decomposition Book, @Kinokuniya New York(키노쿠니야 뉴욕), 뉴욕 맨해튼

세계적으로 가장 유명한 노트라 할 수 있는 컴포지션 노트(Composition Notebook)의 이름 앞에 'De'를 붙였다. 재치 있는 아이디어의 확장이 돋보이는 브랜드다. 디컴포지션은 미국에서 1949년 설립된 가족 회사로 노트, 스케치북, 필기구, 카드 등의 제품을 소개하고 있다. 단순히 컴포지션 노트의 네이밍을 패러디한 수준에서 그치지 않았다. 노트 제품에 들어가는 종이는 100% 재활용한 것이고, 콩기름 인쇄(인쇄 잉크는 기름과 색소로 이루어지는데, 이때 사용하는 기름 대신 콩기름을 사용한 친환경적인 인쇄 방식이다. 마르는 데 시간이 오래 걸린다) 방식을 고집한다.

컴포지션 노트의 정형화된 마블 패턴 대신 공룡, 우주, 페이즐리, 도너츠, 바다, 가드닝 등 앞서 언급한 대로 개인의 취향과 세계관이 명확하게 드러나는 일러스트레이션이 전면에 인쇄되어 있다. 자연을 주제로 한 아트워크는 전면뿐 아니라 커버의 안쪽 두 면에도 계속된다. 이는 이 회사가 중요하게 생각하는 가치인 자연, 환경 친화를 재차 강조하는 장치라고 생각한다. 고도화된 기술로 재활용 종이를 만들었어도 순수하게 새로 제작된 종이와 비교하면 필기감이 좋지 않고 비침이 있다. 이렇듯 내지 자체의 내구성이 조금 떨어지는 편이므로 심이 얇은 잉크 펜보다는 연필이 쓰기에 적합하다.

이현경 @mooontreee

이 나라 저 나라를 구경하다 태국이라는 나라에 불시착해 머물고 있습니다. 방콕을 기반으로 크리에이티브 디자인 디렉터, 작가, 통역가 등 다양한 일을 하며 살아가고 있습니다. 동남아시아의 문화와 예술을 연구하며 그 안에서 의미 있는 것을 발견하고 다양한 기회를 만들어 나가고자 합니다. 첫 번째 책으로 문구 여행 에세이 『태국 문방구』를 썼습니다. 연필로 마음을 표현하는 순간, 이 세상에 살아 있음을 느낍니다.

{ 연필 }

"연필은 사람과 꼭 닮았다."

연필을 닮은 삶

수많은 문구류 중에서 가장 애호하는 문구가 있다면 바로 '연필'이다. 연필은 나에게 운명 같은 존재라고 할 수 있다. 한국에서는 사람이 태어나고 일 년이 되는 생일에 돌잡이를 하는 풍습이 있는데 그때 나는 돌상 위에 놓인 물건들 중에서 연필을 잡았다. 왜 하필 연필이었을까. 설명할 수도 없고 알 수도 없는 일이지만 다양한 물건 중에서 가장 마음에 들었던 것이라고 추측할 뿐이다.

그 덕분인지 삼십 대 중반이 넘은 지금도 언제 어디서나 연필을 사용하고 있다. 연필로 글을 쓰고 그림을 그리고 주변 사람들에게 편지를 쓴다. 마음에 드는 연필을 발견하면 망설임 없이 그 연필을 찾아 세계 곳곳으로 떠난다. 이미 수많은 연필을 가지고 있지만 더 많이 수집하고 싶다. 늘 연필을 좋아하는 사람들과 어울리고 누군가에게 종종 연필을 선물한다. 그러다 보면 또 어디에선가 연필을 받게 된다.

연필에 대한 긴 호흡을 뱉어 내기에 앞서 다시 한번 곰곰이 생각해 봤다. 돌아보면 어릴 땐 연필을 그저 자주 사용하는 도구로만 바라봤다. 학교에 꼭 가져가야 하는 필기구 중 하나였고 없으면 안 되는 문구류 중 하나였다. 연필을 본격적으로 수집하기 시작한 건 이십 대가 된 후의 일이다. 인터넷에서 연필을 검색하며 정보를 모았다. 2000년대를 시작으로 제2차 세계 대전을 지나 연필이 처음 발명된 시대까지 거슬러 올라갔다.

인터넷에는 생각보다 연필에 대한 정보가 무수히 많았다. 흥미진진한 연필 이야기를 읽느라 어떤 날엔 밤을 꼬박 새우기도 했다.
연필에 대한 애정은 대학교를 졸업할 무렵 해외 곳곳으로 확장되었다. 본격적으로 세계 여행을 다녔고 해외 이곳저곳에서 공부와 일을 병행했다. 외국인 학생과 외국인 노동자라는 새로운 타이틀이 주어졌으며 살아가는 장소가 끊임없이 바뀌었다. 그럴 때마다 그 나라, 그 도시에서만 구할 수 있는 문구를 찾으러 나섰다. 오로지 단 한 자루의 연필을 찾기 위해 독일에 있는 작은 문방구를 수소문해 찾아간 적도 있다. 단종이 되어 더 이상 구할 수 없는 귀한 연필을 사기 위해 경매를 공부하기도 했다. 그렇게 삼십 대 초반까지 연필을 사랑하는 존재로 여기고 병적으로 찾아다녔다. 덕분에 셀 수 없이 많은 연필을 품게 되었고 연필과 관련된 이야기를 잔뜩 모을 수 있었다. 연필을 좋아하는 사람들을 만났고 연필의 세계에 깊게 빠져드는 나날을 보냈다.

어느덧 삼십 대 중반이 넘은 지금, 연필을 바라보는 시각이 이전과 사뭇 달라졌음을 느낀다. 언제나 그랬듯 연필을 사랑하는 마음에는 한 치의 주저함이나 망설임이 없다. 최근에 한 친구가 "연필이 왜 좋아?"라고 물어 온 적이 있다. 몇 년 전이었다면 좋아하는 연필의 외형에 대해 이야기했을 것이다. 하지만 그때 불현듯 이런 생각이 들었다. 연필은 사람과 꼭 닮았다. 사람의 성격이 모두 다르듯 연필도 각자 다른 성격을 가지고 있다. 8H부터 시작해 6B까지 세상에는 셀 수 없이 많은 종류의 연필이 존재한다. 연필심은 H로 갈수록 I(내향형)의 성향을 가지고 있다. 조심스럽고 수줍다. B는 E(외향형)의 성향에 가까워 활기차고 대담하다.

나는 2H 심을 좋아한다. 수줍은 듯 당돌한 매력이 있다. 책이 만들어지는 수고스러운 과정을 알기 때문에 책에 밑줄을 잘 긋지 않고 포스트잇을 붙이거나 책갈피를 여러 개 꽂아 둔다. 그리고 필요한 문장이나 단어를 발견하면 노트에 옮겨 적는다. 하지만 꼭 다시 봐야 하는 문장이나 오랫동안 간직하고 싶은 문장이 있으면 2H 연필로 책에 흔적을 남겨 두곤 한다. 2H 연필은 어쩐지 나와 닮은 구석이 있어서 마음이 간다.

초등학생 때 가장 친했던 단짝 친구와 졸업하기 전까지 교환 일기를 썼다. 연한 노란색과 연한 분홍색 속지로 가득했던 다이어리에 나는 HB 연필로 이야기를 써 내려갔다. 너무 세게 눌러써도 안 될 것 같았고 그렇다고 너무 힘 없이 써도 안 될 것 같아 HB 심을 골랐다. 솔직한 마음을 담아낼 때 사용할 수 있는 필기구 중 최고는 연필이 아닐까.

말로 하고 싶었지만 할 수 없었던 깊은 이야기를 HB

연필로 다이어리에 꾹꾹 눌러 담았다. 많은 이야기를 글로 풀어낸 뒤에는 항상 작은 자물쇠를 채워 친구에게 건네주었다. 나와 함께 다이어리를 썼던 친구도 연필을 좋아했다. 그래서 우리는 친해질 수 있었다. 함께 자주 글을 썼고 그림을 그렸다. 이 친구를 시작으로 아직도 내 주변에는 연필을 즐겨 쓰고 좋아하는 친구들이 많다.

'연필의 소명은 소멸이다'라는 말이 있다. 연필은 다른 필기구와 달리 흔적 없이 소진된다. 연필을 한 사람으로 본다면 이 얼마나 깔끔한 성품인가? 삶의 길이가 세월을 따라 조금씩 짧아지며 소멸되는 과정을 연필은 온몸으로 보여 준다. 어쩌면 그것은 이 세상에서 가장 정직한 소멸일지도 모른다.
쓰고 지울 수 있다는 것도 큰 장점이다. 파이롯트의 프릭션(Frixion)처럼 지워지는 펜이 있긴 하지만 연필과 비교했을 때 그 맛은 전혀 다르다고 할 수 있다. 지워지는 것을 허용하는 태도가 꼭 실수를 너그럽게 이해할 줄 아는 사람 같다. 바다처럼 한없이 넓은 포용력을 지닌 존재. 연필로 수없이 쓰고 지우기를 반복하며 삶을 살아왔다. 나의 비밀을 가장 잘 알고 있는 것이 연필이다. 그래도 연필은 아무 말 없이 늘 모든 것을 안아 주고 보듬어 준다. 이런 존재가 있다는 것만으로도 든든하게 살아갈 수 있다.

한 해 한 해 차곡차곡 나이를 먹어 가면서 예전에 보이지 않던 것이 보이기 시작한다. 사람들은 이것을 연륜이라고 부르기도 하고 혜안이라고 부르기도 한다. 좋은 어른이 되고 싶고 현명한 사람이 되고 싶다. 그러니까 나는 연필과 닮은 사람이 되고 싶은 것이다. 그래서 오늘도 연필을 옆에 두고 보고 또 본다.

인천 공항에서 생긴 일

지금으로부터 4년 전 태국으로 이민을 왔다. 이민을 위해 준비해야 할 것이 산더미였다. 각종 서류부터 시작해 옷, 가전제품, 책, 문구류 등 그 가짓수가 셀 수 없었다. 우선 방에 있는 물건 중에서 어떤 것들을 챙겨야 할지 목록을 만들어 보았다. 꼭 가져가야 하는 것이나 태국에서 구매할 수 없는 것들만 챙기기로 했다. 태국은 겨울이 없는 곳이니 겨울옷은 그대로 옷장에 두기로 했다. 부피가 큰 겨울옷을 가져가지 않는 것만으로도 짐을 크게 줄일 수 있었다. 방을 가득 채운 책도 모두 이고 지고 갈 수 없는 노릇이니 책장에 그대로 두고 가기로 했다. 그래도 아끼는 책이나 꼭 봐야 하는 책은 가져가고 싶었다. 20권 정도로 추려 보려고 했지만 결국 50권이 되고 말았다.
그리고 가장 중요한 일이 남았다. 바로 문구를 고르는 것. 방 안에 있는 철제 서랍장 10칸과 큰 나무 서랍장 5칸에 각종 문구가 보관되어 있었다. 연필, 샤프펜슬, 펜, 노트, 지우개, 스탬프, 마스킹 테이프, 스티커 등이 각자의 자리를 지키고 있었다. 꺼내 보는 것만으로 옛 친구를 오랜만에 만난 것처럼 반가운 마음인데 어떻게 추려야 할지 막막했다.

문구 제품을 살 때 마음에 드는 것이 있으면 꼭 세 개를 산다. 한 개는 직접 사용하는 용도, 한 개는 소장하는 용도, 그리고 나머지 한 개는 문구 덕후 친구들에게 선물하는 용도. 그래서 소장하는 문구 양이 기하급수적으로 늘어난 것이다. 이렇게 사는 게 일상이 되었다. 태국에 가져갈 문구를 추리기 위해 시작된 정리 정돈은 어느새 그동안 사용하지 않은 문구를 뜯고 사용하고 즐기는 시간으로 변해 있었다. 시계로 눈을 돌린 순간 8시간이 훌쩍 지난 것을 알게 되었다. 방 안은 어질러진 문구들로 발 디딜 틈조차 보이지 않았다. 이 정도 속도라면 가져갈 물건을 추리는 데 한 달이 걸릴 것 같았다.

정신을 차리고 우선 가지고 있는 문구의 반만 챙기는 것으로 나 자신과 합의를 보았다. 그동안 모은 문구 제품 중에서 리미티드 에디션 문구류, 컬래버레이션으로 품절되어 더 이상 구할 수 없는 제품, 평소에 잘 쓰는 제품, 가지고 있으면 기분이 좋은 제품의 리스트를 만들었다. 그리고 일주일에 걸쳐 태국에 가져갈 문구를 가까스로 고르고 골랐다. 큰일을 해낸 것 같아 마음이 후련했지만 미처 부치지 못한 문구들이 눈에 아른거렸다. 이 친구들도 모두 태국에 데려가야 할 텐데……

드디어 태국 방콕 수완나품 공항으로 떠나는 날, 아침 일찍 인천 공항에 도착했다. 출국 수속을 위해 커다란 이민용 캐리어 세 개를 수하물로 먼저 보냈다. 그리고 기내용 캐리어 한 개와 인도 여행을 갈 때 썼던 30L짜리 배낭 한 개를 세관 검사대로 가져갔다. 세관 검사용 벨트 위에 조심스레 두 개의 짐을 올려놓았다. 모든 가방이 엑스레이 검사대를 완전히 통과할 때쯤 누군가 옆에서 조용히 나를 불렀다. 무엇인가 문제가 일어나고 있는 듯했다. 이어서 심각한 표정을 한 직원 두 명이 와서 배낭 안에 있는 모든 물건을 꺼내 보라고 했다. 나는 순간 멈칫했다. 배낭 안에는 연필이 한가득 있었기 때문이다. 새벽 내내 잠 한숨 못 자고 랩과 에어캡으로 연필을 한 자루 한 자루 포장했다. 어림잡아 500자루가 넘었을 것이다. 나는 진지한 표정으로 "이걸 모두 다요?"라고 조심스레 물었다. 그들은 다시 한번 심각한 표정을 지으며 "네."라고 단호하게 대답했다.
하는 수 없이 배낭 안에 있는 모든 연필을 검사대 책상 위에 천천히 꺼내 놓기 시작했다. 순식간에 커다란 연필 산이 만들어지면서 검사 테이블 한 개가 꽉 찼다. 이 모습을 본 직원이 간이 테이블을 하나 더 가져왔다. 성인 어깨너비 정도 되는 테이블 위에 연필 산이 하나 더 만들어졌다. 처음 보는 광경에 세관 직원들이 하나 둘 몰려들었다. 그리고 웅성대는 소리가 들려 왔다. 보안 검사대 앞뒤에서 줄을 서던 승객들도 모두 까치발을 하고 연필 산을 구경하는 진풍경이 펼쳐졌다.

배낭 안의 모든 물건을 꺼내라고 했던 직원은 하얀 장갑을 낀 채 연필을 만지작거렸다. 이내 갸우뚱하며 연필을 싸고 있는 랩과 에어캡을 모두 해체해 그 안에 있는 물건을 보여 달라고 했다. 나는 너무 놀라 눈을 크게 뜨고 "네?"라고 했다. 그 직원은 다시 "네."라고 나지막이 대답했다. 한국인은 '네'만으로 대화를 이어 가는 능력이 있다는 글을 어디선가 읽었는데 그 능력의 진가가 발휘되는 순간이었다.

하는 수 없이 새벽 내내 정성스레 포장한 연필을 언박싱하기 시작했다. 등 뒤로 식은땀이 줄줄 났다. 아끼고 사랑하는 자식 같은 연필들이 발가벗겨지는 모습을 보는 것 같았다. 연필의 주인이자 엄마인 나는 점점 더 창피한 마음이 들었고 어서 이 순간을 벗어나고 싶은 마음뿐이었다. 가까스로 연필 언박싱을 마치고 나니 어느새 공항 세관 안에 작은 연필 가게가 생겼다. 직원들이 한 사람씩 돌아가며 질문을 던졌다. 문방구 주인이세요? 그림을 그리는 분이세요? 이 많은 연필을 어디에다가 사용하실 건가요? 이렇게 많은 연필은 어디에 보관하시는 거예요?

나는 문방구 주인이나 화가 그 어떤 것에도 해당되지 않았다. 그저 연필을 사랑하는 한 사람일 뿐이었다. 하지만 상기된 채로 직원들이 던지는 모든 질문에 빠짐없이 성실하게 응답할 수밖에 없었다. 배낭 안에 있던 모든 연필에 대한 철저한 검사가 끝나 갈 때쯤 직원 한 명이 살며시 웃으며 말을 걸어왔다.

—처음에 엑스레이로 짐을 봤을 때 탄환 수백 개가 들

어 있는 줄 알았어요. 양이 어마어마한 데다 정체도 알 수가 없어서 저희는 마약으로도 의심을 했습니다. 요즘 저렇게 마약 가루를 숨겨서 들여오는 경우가 많거든요. 그래서 배낭 안에 있는 모든 짐에 대한 검사를 요구한 거고요.

—아, 그렇군요……

—다행히 모두 연필인 것으로 보이네요? 제가 여기서 꽤 오랫동안 일을 해 왔지만 이런 경우는 처음이라… 하하… 신기하기도 하고 또 죄송합니다. 무엇보다 적극적으로 검사에 협조해 주셔서 정말 감사합니다.

—맞아요. 연필을 이렇게 하나하나 포장해서 가져가는 사람은 못 보셨을 거예요. 사실 이 연필들도 모두 수하물로 보내려고 했는데 짐이 던져질 때 연필심이 부러질 것 같아서 결국 배낭에 넣어 들고 타기로 했어요. 저에게 굉장히 소중한 연필들이라서…… 그런데 이런 일이 일어날 줄은 정말 상상도 못 했습니다. 물의를 일으킨 것 같아 죄송합니다.

모든 검사가 끝나자 옆에 있던 직원들이 배낭 앞으로 모였다. 그리고 연필 포장하는 것을 재빠르게 도왔다. 포장에 박차를 가하던 중 문득 싸늘한 기운이 느껴져 시간을 확인했다. 생각지도 못한 배낭 검사로 수속에 너무 많은 시간을 할애한 것을 그제야 알게 되었다. 비행기 탑승 시각이 아주 빠듯하게 남아 있었다. 이 속도라면 자칫 태국으로 가는 비행기를 놓칠 수도 있었다. 직원에게 자초지종을 설명했더니 곧바로 항공사 측에 무전을 해 주었다. 몇 분이 지나지 않아 게이트에 있던 항공사 직원이 직접 픽업을 왔다. 최대한 빨리 뛰어 게이트에 가야 할 것 같다고 다급하게 말했다. 그렇게 나는 연필이 가득 든 배낭을 품에 안고 항공사 직원은 캐리어를 들고 함께 게이트까지 뛰어갔다. 그리고 마지막 승객으로 비행기에 무사히 탑승해 태국으로 갈 수 있었다.

공항에서 출국 심사를 할 때마다 이날의 기억이 떠올라 혼자 피식 웃곤 한다. 그리고 검사대 주변에 나 같은 사람은 없는지 두리번거리며 살펴본다. 아직까지 그런 사람을 발견한 적은 단 한 번도 없다. 만약 다량의 연필을 해외에 가져가야 한다면 수하물로 보낼 것을 신신당부하고 싶다. 연필은 생각보다 단단해서 잘 부러지지 않는다는 것을 뒤늦게 깨달았다.
태국에 와서는 태국 문방구의 세계에 눈을 떴다. 특히 태국의 연필에 마음을 쏟았다. 인스타그램에 태국 문방구와 문구류를 소개하기 시작했고, 한국에 있는 지인들로부터 태국 연필을 구입해서 보내 달라는 연락을 많이 받았다. 처음엔 걱정이 앞섰다. 연필을 우편으로 직접 보낼 때 과연 안전하게 도착할지 알 수 없었기 때문이다. 하지만 몇 번의 경험을 통해 어떻게 하면 연필을 안전하게 보낼 수 있는지 터득하게 되었다. 박스 안에 충분한 공간을 확보하고 에어캡으로 잘 포장한다면 세계 그 어느 곳에라도 연필을 온전한 상태로 보낼 수 있다.

나는 어쩌다 실리카 겔 수집가가 되었나

우여곡절 끝에 태국에 도착한 수백여 자루의 연필들. 한국에 더 많은 연필이 남아 있었지만 이만큼 데려온 것도 다행이라고 생각했다. 남은 연필은 앞으로 한국에 갈 때마다 조금씩 가져오면 되니까. 하지만 태국으로 이민을 온 지 1년 만에 코로나 바이러스가 전 세계에 퍼졌다. 그렇게 3년 동안 한국행은 무산되었고 단 한 자루의 연필도 태국으로 더 가져오지 못했다.
오랜 기다림 끝에 전 세계의 하늘길이 다시 열렸다. 올해 연말에 한국에 남아 있는 모든 연필을 태국으로 가져올 것이다. 물론 이번에는 우체국 EMS로 보낼 계획이다. 같은 실수를 반복하지 않기 위해서……

태국에 거주한 지 3년이 되던 어느 날이었다. 어김없이 길고 우울한 우기 시즌이 찾아왔다. 타이밍이 어쩜 이렇게 정확한지. 지구의 부지런함과 정직함에 늘 감탄한다. 태국의 우기는 대개 6월 말부터 시작해 10월 말까지 꽤 오랫동안 지속된다. 한 달 정도 내리는 비는 태국의 무시무시한 더위를 식혀 주는 고마운 단비로 매우 반갑다. 그러나 그 뒤부터는 내내 습하고 무거운 공기가 일상을 짓누른다. 그리고 평생 끝날 것 같지 않은 비가 내리 이어진다. 빨래는 도무지 마를 기미가 보이지 않아 매번 건조기를 돌려야 하고, 하루 종일 틀어놓는 제습기에는 순식간에 물이 차오른다. 퇴근 후 집에 돌아오면 제습기의 물이 흘러넘쳐 거실이 물바다가 되어 있기도 한다. 옷장과 신발장 곳곳에 넣어 둔 습기 제거제는 몇 주가 지나지 않아 교체를 해야 한다. 태국의 우기는 그야말로 안팎으로 물과의 전쟁이다.

우기가 되면 반갑지 않은 손님이 찾아오기도 한다. 손님의 정체는 '좀벌레'다. 이 벌레는 우기 때 온 집 안을 헤집고 다니며 온갖 나무 제품을 갉아먹는다. 태국에 있는 오래된 건물이나 나무 제품을 보면 벌레가 갉아먹은 구멍들을 발견할 수 있다. 구멍을 만든 정체가 좀벌레인 줄 몰랐을 땐 그저 나무가 오래된 것이라고만 생각했다. 그 구멍이 신기해서 안을 쳐다본 적도 있었다.

좀벌레는 해가 지고 어두울 때 활동하는 습성이 있다. 귀가 밝은 편인 나는 밤마다 책상 위에 놓인 책장에서 무언가가 나무를 갉아먹는 미세한 소리를 들었다. '쥐가 있나?' 그러던 어느 날 새벽에 사달이 났다. 새벽 2시쯤 되었을까. 책상 앞에 앉아 일을 하는데 갑자기 하얀 가루가 우수수 하고 노트북 키보드 위로 떨어졌다. 그때 한창 태국의 호러 영화에 대한 글을 쓰고 있었다. 약 일주일 정도, 퇴근하고 귀신에 대한 이야기를 쓰는 일이 썩 유쾌하지는 않았다. 그러다 정체를 알 수 없는 가루를 본 순간 귀신이 나타난 줄 알았던 것이다. 드디어 올 게 온 것이라는 확신이 들었다. 태국에는 귀신에 대한 이야기가 워낙 많고 주변에 귀신을 봤다는 친구들도 적지 않았다. 찰나의 순간에 수십 가지 생각과 온갖 무서운 상상을 했다. 갑자기 오싹한 느낌이 들어 비명을 지르며 의자에서 일어나 안방으로 도망쳤다.
몇 분 뒤 놀란 마음을 진정시키고 다시 책상 앞으로 가 보았다. 키보드 위에 떨어진 하얀 가루의 양이 아까보다 늘어난 상태였다. 도대체 어디에서 떨어진 걸까? 책상 위의 책장을 조심스레 살펴보니 약 3㎜ 정도 되는 작은 구멍 하나가 보였다. 혹시 이 안에 무서운 것이 있는 건 아닐까? 도저히 혼자 볼 자신이 없어서 자고 있던 남편을 흔들어 깨웠다.

—이 구멍 대체 뭘까. 무서워……
—(아무렇지도 않게) 좀벌레가 나무 갉아먹은 거야.

태국 사람에게 좀벌레라는 존재는 그토록 하찮은 것에 지나지 않았다. 다음 날 곧바로 마트에 가서 좀벌레 퇴치제를 구입했다. 바퀴벌레 약도 같은 효능이 있다는 이야기를 듣고 바퀴벌레 일러스트가 그려진 스프레이를 골랐다. 어쩐지 바퀴벌레가 귀엽게 느껴지는 그림이 마음에 들었다. 그리고 문방구에 가서 구멍이 난 나무를 메꿀 점토를 샀다. 집으로 돌아와 자세히 살펴보니 책상과 책장 곳곳에 작은 구멍들이 보였다. 그동안 좀벌레들이 알게 모르게 책장, 책상, 의자, 화장대 같은 나무 제품을 갉아먹고 있었던 것이다. 그렇게 긴급 조치를 무사히 마치고 좀벌레 사건을 종결지을 수 있었다. 나는 아직도 그날 귀신을 보지 않고 좀벌레를 본 것에 대해 감사한 마음을 가지고 있다.
좀벌레 사건을 겪고 난 다음부터 매년 나무 제품에 유지 보수 작업을 하고 있다. 태국에서 나무 제품을 오랫동안 사용하기 위해선 한국에서보다 더욱 부지런해야 한다는 큰 교훈을 얻었다. 소중한 것을 지키기 위해서는 자주 관심을 쏟고 큰 애정을 주어야 한다.

문득 태국으로 데려온 연필의 안부가 궁금해졌다. 무인양품에서 구매한 아크릴 박스 안에 연필 일부를 정리해 두었다. 이미 4칸 모두 꽉 찬 상태였다. 상태가 좋지 않은 연필은 에어캡으로 돌돌 말아 손이 닿지 않는 어두운 곳에 잘 넣어 두었다. 더 이상 생산되지 않는 연필이나 상태가 너무 좋아 쓰기 아까운 연필은 따로 랩으로 싸서 다른 서랍 속에 넣어 두었다. 아끼는 문구 제품들은 또 다른 서랍장에 모셔 둔 것이다.
아크릴 박스 안에 있는 연필 하나하나를 꺼내 조심스레 살펴봤다. 모두가 편안하게 쉬고 있는 것처럼 보였다. 이내 마음이 놓였다. 세계 각국에서 모인 연필은 태국이라는 나라가 마음에 들까?
한동안 연필 상자 앞에 앉아 하나하나 자세히 관찰했다. 그런데 연필 두세 자루가 약간 뒤틀린 것이 보였다. 연식이 오래된 연필 몇 자루는 쩌억 하고 금이 가 있었다. 흑심이 튀어나올 정도로 상태가 안 좋은 것과 지우개가 녹아서 아크릴 상자에 붙은 연필도 보였다. 녹은 연필 두 자루가 서로 엉겨 붙어 있었고 설상가상으로 지우개 닙이 녹은 연필도 발견했다. 평온해 보이던 아크릴 박스 안에서 도대체 무슨 일이 일어나고 있었던 걸까?

더 심각한 건 쿰쿰한 냄새였다. 온 집 안의 습기를 가득 머금은 것 같은 냄새가 연필에서 났다. 곰팡이가 많은 오래된 집에서 나무 제품이 썩을 때 나는 냄새 같기도 했다. 나의 소중한 연필에서 이런 냄새가 나다니……

사실 4년이라는 시간 동안 태국 생활에 적응하기 위해 하루하루 정신없이 열심히 살았다. 그러다 보니 자연스레 연필을 돌볼 시간조차 없었다. 왠지 지난날에 대한 서글픈 마음이 구름처럼 몰려왔다. 애정하는 연필이 이 지경이 될 때까지 발견하지 못하고 방치한 것에 대해 너무나 미안한 마음이 들었다. 갑자기 세상을 어떻게 살아가야 하는가 싶은 심정이 되었지만 고뇌할 시간이 없었다. 시름시름 앓는 연필을 구하는 것이 먼저였다.

곧바로 연남동에 있는 연필 가게 〈흑심〉의 대표님께 연락을 했다. 적어도 내가 아는 한 연필에 대해 가장 많은 정보를 가지고 있는 분이었다. 흑심 대표님이라면 상태가 좋지 않은 나의 소중한 연필을 위해 빠르고 올바른 처방을 해 줄 것이라는 믿음이 있었다. 그렇게 이런저런 상황을 꾹꾹 담아 장문의 메시지를 보냈다.

돌아온 처방전은 연필을 둔 서랍에 실리카 겔 하나를 넣는 것이었다. 흑심 매장에서도 사용하는 방법이라고 했다. 지금 당장 실리카 겔을 구해서 서랍 안에 넣어야 할 것 같았다. 잠시 숨을 고르며 생각해 보니 며칠 전에 집 안 어딘가에서 실리카 겔을 본 것 같았다. 찬장에 넣어 둔 과자 봉지, 비타민 약 통, 김 봉지 속에서 작게 포장된 실리카 겔을 발굴해 내기 시작했다. 몇 분 지나지 않아 크고 작은 실리카 겔 주머니 10개를 획득했다.

실리카 겔 덕분에 천군만마를 얻은 기분이었다

투명한 봉지 속에 있는 실리카 겔 알갱이는 동글동글 귀여운 모양을 하고 있었다. 그중에서 작은 실리카 겔 한 봉지를 가위로 조심스레 잘랐다. 알갱이 하나를 핀셋으로 꺼내 연필이 있는 아크릴 상자 안에 넣었다. 그리고 실리카 겔이 흔들리지 않도록 스카치테이프를 손가락 한 마디 정도로 잘라 알갱이 위에 살짝 붙였다. 그러고는 안심하며 흑심 대표님께 감사하다는 메시지를 보냈다.

그러나 반전이 있었으니, 알고 보니 실리카 겔 한 알이 아니라 한 봉지를 그대로 상자 안에 넣어야 했던 것이다. 어쩐지 양이 적다고 생각했는데…… 나는 박장대소를 하며 온전한 실리카 겔 봉지들을 연필 상자 칸칸마다 넣어 주었다. 작은 실리카 겔 봉지 덕분에 천군만마를 얻은 기분이었다. 이 사건 이후로 친구들에게 실리카 겔의 엄청난 효능을 알리고 다녔다. 실리카 겔 전도사가 된 것이다.

어느덧 2023년 4월. 그사이 아크릴 상자 3칸을 집으로 더 들여왔다. 태국에서도 틈틈이 오래된 연필을 모으고 있기 때문에 연필 식구는 지속적으로 늘어나는 중이다. 끊임없이 늘어나는 연필 식구들을 위해 쾌적한 환경을 제공하는 일도 나의 몫이다. 더불어 나는 실리카 겔 수집가가 되었다. 생각보다 일상 곳곳에서 실리카 겔을 만날 수 있었다. 가방, 신발과 같은 가죽 제품 안에도 실리카 겔이 있다는 사실을 새롭게 알게 되었다. 어떤 물건을 사든 그 안에 실리카 겔이 있는지 꼭 한 번 확인하고 쓰레기를 버리는 새로운 습관도 생겼다.
그리고 무엇보다 지난 1년 동안 연필을 자주 들여다보았다. 덕분에 작년의 긴 우기를 잘 견디고 모든 연필이 아무 탈 없이 지내고 있다. 습한 환경에서 연필을 올바르게 보관하기 위해서는 실리카 겔이 필수라는 것을 다시 한번 강조하고 싶다. 올해도 어김없이 우기가 찾아올 것이다. 이제 연필을 보관하는 데 그 어떤 두려움도 없다. 나의 소중한 연필을 살려 준 흑심 대표님께 이 자리를 통해 감사의 인사를 전하고 싶다. 덕분에 모든 연필을 잘 보관하고 있다고 말이다.

하루를 단정하게 만드는 리추얼

세상의 방해로부터 나를 지키는 혼자만의 의식을 리추얼이라고 한다. 리추얼은 거창한 게 아니다. 명상이나 아침 요가, 티타임, 새벽 독서, 일기 쓰기 등 하루를 시작하거나 마칠 때 루틴처럼 반복하며 자기 삶에 에너지를 불어넣는 행위다. 중요한 건 일상의 방해로부터 나를 지킨다는 점이다.

2년 전부터 매일 아침 실천하고 있는 나만의 리추얼을 소개한다. 우선 잠에서 깨면 물 한 잔을 마신다. 그리고 책상 앞에 앉아 연필 한 자루를 쥐고 종이 위에 아무거나 쓰고 그린다. 잠이 덜 깬 상태이기 때문에 어떤 말을 하려는 것인지 정확하지 않고 때로는 무슨 말인지도 알 수 없다. 그저 떠오르는 글이나 그림을 순서 없이 쏟아 낸다. 그렇게 15분 정도 무의식중에 자유롭게 표현한다. 그러다 보면 점점 정신이 맑아지는데 그때 내가 표현한 것들을 살펴보면 신기하게도 매일매일 다르다.

어느 아침에는 그 전날 회사에서 했던 프로젝트 이야기를 써 내려갔다. 무의식중에 쌓인 업무 스트레스가 표출된 것 같았다. 다른 날엔 호랑이를 그리기도 했다. 그 전날 호랑이와 관련된 다큐멘터리를 봤기 때문이다. 그리고 어느 아침엔 시를 썼다. 비가 내리는 새벽, 조용한 거실에 홀로 앉아 있는 것이 좋았던 모양이다. 또 다른 날엔 나무 위에 누워 자는 모습을 그리기도 했는데 피곤한 몸과 마음이 반영된 듯했다. 무언가를 거창하게 표현하기보다 꾸준히 쓰고 그리는 연습을 통해 나의 내면을 외부로 표출하는 데 초점을 맞췄다. 처음에는 멍하니 앉아 있기만 한 적도 있다. 아무것도 그리지 않고 쓰지 않았다. 하지만 하루하루 조금씩 내 안에 있는 무의식을 쏟아 내기 시작하니 마음이 한결 가벼워지는 걸 느꼈다. 그렇게 산뜻하게 시작한 아침은 하루의 활력을 제공해 주었다. 그리고 무엇보다 나 자신과 가까워지는 계기를 만들어 주고 있다. 누군가 나에게 리추얼을 소개해 달라고 하면 나는 이 루틴을 권한다. 이름은 '굿모닝, 연필' 정도가 좋겠다.

초등학생 때 리추얼이라는 단어를 알았더라면 나의 리추얼은 연필 깎기라고 소개했을 것이다. 연필을 깎는 일은 잠들기 전 어두운 밤에 경건하게 이루어졌다. 학교에서부터 학원까지 모든 일과를 마치고 집으로 돌아와 숙제까지 끝내고 나면 10시 정도가 되었다. 샤워를 하고 좋아하는 잠옷을 입으면 조용한 밤이 찾아왔다. 방 안의 불을 끄고 책상에 앉아 책상 위에 놓인 작은 스탠드를 켜고 가방에서 필통을 꺼내 열었다. 학교와 학원에서 하루를 바쁘게 보내고 돌아오면 모든 기운이 쭉 빠졌다. 지난밤 뾰족하게 깎아 둔 연필도 모두 뭉뚝해져 어쩐지 지쳐 보였다. 오늘도 각자 저마다의 할 일을 멋지게 해낸 것이다.
필통 안에는 다섯 자루의 연필과 샤프펜슬 한 자루 그

리고 지우개 한 개를 넣었다. 빨간색, 파란색, 검은색 펜도 함께 넣었다. 지우개는 다른 필기구에 달라붙어서 흔적을 남기기도 했다. 나는 이 부분에 예민했기 때문에 늘 샤프식으로 된 지우개를 사용했다. 연필은 한 과목당 한 자루를 썼다. 국어나 영어처럼 필기가 많은 과목은 두 자루를 사용했던 것 같다. 그리고 모든 연필을 사용했을 때를 대비해 여분의 샤프펜슬 한 자루도 항상 함께 넣었다.

연필은 주로 연필깎이로 깎았다. 가끔 커터 칼로 깎기도 했지만 커터 칼로 깎으면 그날의 컨디션과 기분에 따라 연필 모양이 제각각이 되었다. 그게 싫어서 일정하게 연필을 깎아 내는 제품을 사용해야 마음이 놓였다. 가장 즐겨 사용한 제품은 경인 하이샤파 연필깎이였다. 일명 티티(TiTi) 연필깎이라고 불렸는데 딱 내가 원하는 모양으로 연필심을 깎아 줬다. 그 당시 같은 회사에서 나온 자동 전동 연필깎이도 잠깐 쓴 적이 있다. 하지만 나무 책상 위에서 요란하게 마찰음을 내는 것이 마음에 들지 않았다. 그래서 얼마 사용하지 않고 책상 서랍 깊숙이 넣어 둔 기억이 난다.

노랗게 떨어지는 스탠드 불빛 아래에서 연필 하나하나를 조심스레 연필깎이에 넣는다. 그리고 뒷부분의 수동식 손잡이를 잡고 드르륵 돌리면 마음이 이상할 정도로 편안해졌다. 연필깎이의 바닥과 나무 책상이 만나 생기는 마찰음은 경쾌하기까지 했다. 자동 연필깎이가 만들어 내는 경박한 소리와는 전혀 달랐다. 연필을 깎으며 오늘 하루 동안 있었던 일을 생각하고 반성하며 나아가는 시간을 보냈다. 그리고 내일을 준비했다. 연필 깎는 소리를 들으며 명상을 했던 것 같기도 하다.

내가 원하는 모양으로 연필심을 깎아 주던 경인 하이샤파 연필깎이

그러다 연필깎이로 연필 깎는 일이 종종 지겨워지면 서랍 속에서 커터 칼을 꺼냈다. 주로 새 연필을 깎을 때 커터 칼을 사용했다. 새 연필 위에 칼을 살포시 대고 엄지로 살짝 밀었을 때 나무가 스윽 하고 부드럽게 밀려 나가는 느낌이 참 좋았다. 손끝에서 코로 살짝 올라오는 연필의 향기도 좋았다. 수종樹種에 따라 연필 냄새가 다른 것도 신기했다.

커터 칼로 연필 깎는 방법을 알려 준 사람은 아버지였다. 할아버지는 명필가였고 금손이었다. 할아버지가 모든 것을 뚝딱 만들던 모습이 아직도 떠오른다. 그 능력을 고스란히 물려받은 아버지도 손재주가 좋았다. 그래서 아버지는 연필깎이보다 연필을 더 예쁘게 잘 깎았다. 그 모습이 신기해서 어릴 땐 아버지 옆에 앉아 연필 깎는 것을 한참 동안 구경하기도 했다.
아버지처럼 연필을 잘 깎는 것은 그렇게 쉬운 일이 아니었다. 커터 칼로 연필을 깎다가 마음에 들지 않아 결국 연필깎이에 넣어 마무리를 지었던 적이 왕왕 있었다. 그때마다 아버지는 서두르지 말고 연필 끝에 집중해서 하나하나 정성스레 깎아야 된다고 이야기했다. 세상의 모든 일은 쉬운 것이 없다고도 말했다. 어릴 땐 그 말이 도무지 와닿지 않았다. 하지만 이젠 잘 알 것 같다.
그렇게 모든 연필을 뾰족하고 정갈하게 깎은 뒤엔 연필 하나하나에 깍지를 씌웠다. 육각형이나 삼각형, 사각형으로 된 연필의 모서리가 깍지에 긁히지 않도록 조심스레 닫았다. 연필 깍지 때문에 연필에 스크래치가 나는 것은 무척 속상한 일이었다. 연필심이 직접 닿는 철제 필통 안에는 얇은 스펀지를 사다가 잘라 붙였다. 뛰거나 걸을 때 책가방 속 필통 안에서 연필심이 부러지는 것을 막기 위함이었다. 지금 생각해 보니 이 정도의 정성이라면 차라리 필통을 두 손으로 모시고 다니는 게 좋지 않았을까 싶다. 그 정도로 연필은 나의 하루를 정갈하게 만들어 주는 존재였다.

연필은 오늘날에도 여전히 사용되는 오래된 발명품 중 하나다. 토머스 에디슨이 평소에 연필을 소중하게 여겼다는 흥미로운 이야기를 헨리 페트로스키의 책 『연필』에서 읽은 적이 있다. 에디슨은 유달리 몽당연필을 좋

연필 공장에 주문해 만든 몽당 연필로 스케치하는 에디슨

아했다고 한다. 직접 연필 공장에 연락해 짧은 연필을 만들어 달라고 부탁할 정도였다고 하니 말 다 했다. 마음에 드는 연필이 있으면 한 번에 1,000여 자루를 주문할 정도로 큰손이었다고. 이 이야기를 접한 후 에디슨에게 친밀감이 느껴졌다. 에디슨도 나 같은 연필 덕후였다니! 에디슨이 살아 있던 그 시절로 돌아가 그가 어떤 연필을 사용했는지 알고 싶어졌다. 그렇게 많은 연필로 무엇을 썼는지도 궁금해졌다. 에디슨의 연필 생활에 대해 더 자세히 알고 싶지만 아직 이 이상의 정보는 발견하지 못했다. 혹시 에디슨이 어떤 몽당연필을 즐겨 썼는지 알고 있다면 공유해 주기를 바란다.

나는 미대 입시를 준비하던 때를 제외하고는 몽당연필을 만들어 본 적이 두세 번밖에 없다. 이는 하나의 연필을 끝까지 사용한 적이 많지 않음을 의미한다. 한 자루의 연필만 잡고 있기엔 가지고 있는 연필이 너무 많았다. 그리고 최대한 다양한 연필을 자주 써 보고 싶었다. 어떤 연필이 내게 맞는지 알아 가는 과정이 무척 즐거웠기 때문이다. 무엇보다 몽당연필을 만드는 데 생각보다 많은 시간이 소요되었다. 더불어 굉장한 인내

심도 필요하다는 것을 알게 되었다. 몽당연필을 만드는 과정도 리추얼에 가깝다는 생각이 든다.
미대 입시를 준비하던 시절에 처음으로 몽당연필을 만든 경험이 떠오른다. 소묘를 본격적으로 시작하면서 4B 연필을 주로 사용하게 되었다. 미술 학원용 필통에는 4B 연필과 B 시리즈 연필, 크고 작은 지우개가 한가득이었다. 4B 연필은 경도가 무른 편에 속하기 때문에 연필심도 금세 닳았다. 몇 주가 지나고 나면 검지 길이로 줄어들어 있었다. 엄지손가락 길이로 짤따랗게 변해 갈 즈음엔 비장의 무기인 모나미 153 볼펜대를 꺼냈다. 몽당연필로 그림을 그리면 스케치가 손에 가려져 스케치를 확인하기 어렵다. 손과 종이 사이에 마찰이 생겨 그림이 뭉개지기도 한다. 그래서 볼펜대를 연필에 끼워 사용하는 것이다. 몽당연필과 볼펜대가 만나면 나무 이젤을 펼쳐 놓고 캔버스와 마주 앉아 그림을 그릴 때 가장 좋은 각도가 나왔다. 무엇보다 톰보모노100의 검은 바디와 모나미 153의 하얀 바디가 결합되었을 때의 모습이 완벽에 가까웠다. 마치 이제 막 조립을 끝낸 스트라이크 건담을 보는 것 같았다. 매끈한 형태와 색의 조합이 꽤나 잘 어우러졌다. 모나미 153 볼펜대를 사용하는 것이 종종 지겨워지면 화방에서 팔던 연필대를 구매하곤 했다. 하지만 모나미 153 볼펜대처럼 편안한 그립감을 주는 것은 없었다. 입시를 준비하는 동안 모나미 153의 역할도 꽤 컸다.

‘미대 입시 생활의 시작은 연필 깎는 일부터’라는 말이 있을 정도로 입시를 준비하는 동안 연필 깎는 일이 일상이 되었다. 조교 선생님은 그림을 그리기에 앞서 늘 연필 다섯 자루를 커터 칼로 깎도록 지시했다. 연필을 잡는 방법, 커터 칼을 사용하는 방법 같은 기본적인 정보를 알려 줬다. 조교 선생님에게 배운 방법은 아버지에게 배운 방법과 사뭇 달랐다. 아버지는 애정을 가득 담아 연필 깎는 방법을 알려 주셨던 반면에 선생님은 전쟁에 나가는 병사들에게 지시를 내리는 장군과 닮아 있었다. 이때 전문적으로 연필 깎는 방법을 배웠다.
보통 4B 연필 세 자루와2B 연필 한 자루, HB 연필 한 자루를 준비했다. 그전까지는 연필깎이로 금세 드르륵 깎아 내거나 샤프펜슬을 사용했기 때문에 직접 칼을 손에 쥐고 연필을 깎을 기회가 많지 않았다. 연필을 깎을 시간이 없다는 핑계도 있었다. 그러나 입시 미술 학원에서의 첫 6개월 동안 연필깎이 사용이 금지되었다. 매일 연필을 깎는 데만 30분 정도가 걸렸다. 처음엔 연필을 깎으러 이곳에 온 것인지 그림을 그리러 온 것인지 헷갈릴 정도였다. 연필을 예쁘게 깎기 위해 여러 번 칼질을 하다가 연필을 반 정도 날린 적도 많았다. 원장 선생님 몰래 연필깎이를 가져와서 깎아 볼까 싶기도 했지만 꾹 참고 끝까지 연필 깎는 수련을 이어 갔다. 차츰차츰 연필 깎는 실력이 나아졌다.

연필심 끝에 초점을 맞춰 차근차근 조심스레 깎다 보면 어느새 주위의 잡음이 들리지 않았다. 왁자지껄 여고생으로 가득한 교실에 누군가 무음 버튼을 몰래 누른 듯 조용해졌다. 연필을 예쁘게 잘 깎은 날은 그림을 그릴 때 집중이 더 잘된다는 것을 알게 되었다. 그래서 아름답게 깎는 일에 집착했던 것 같다.
그렇다. 연필을 깎는 행위는 산란한 마음을 모으는 데 큰 도움을 준다. 그리고 그 일에 굉장히 몰두하게 만든다. 미대 입시를 준비하며 수백 자루의 연필을 깎았던 시간은 결론적으로 그림을 그리는 데에만 신경을 쓰도록 만들어 주는 워밍업의 시간이었다. 그림을 그리기 전 치르는 신성한 의식이었다.
그렇게 2년 정도 입시 미술에 매진했다. 미대에 입학할 무렵에는 연필을 보지 않고도 깎을 수 있는 실력을 갖추게 되었다. 지금도 가끔 어떤 일에 집중해야 할 때가 생기면 4B 연필과 HB 연필 한 자루를 커터 칼로 깎는다. 최대한 조심스레 그리고 아름다운 형태로 깎다 보면 그 일에 집중할 수 있는 근육이 서서히 단련되는 것 같다.

10년이 넘는 시간 동안 연필을 깎는 리추얼을 통해 마음을 갈고닦았다. 대학교에 들어가면 더 이상 연필 깎을 일이 없을 줄 알았지만 대학교 1학년 기본 전공 과정에 소묘 시간이 있었다. 또다시 수십 자루의 연필을 들고 다니며 연필을 쓰고 깎아야 했다. 세 살 버릇이 여든 간다는 속담처럼 어릴 때 연필을 깎던 버릇은 현재 진행형이다. 그래, 이 정도가 되면 연필은 나와 끊으려야 끊을 수 없는 끈질긴 운명이라고 해야 할 것 같다.

혹시, 이 연필깎이를 아시나요?

연필을 애호하는 만큼 연필깎이도 애호한다. 마음에 드는 형태로 깎인 연필을 손에 쥐면 글을 쓰거나 그림을 그릴 때 즐거움이 배가된다. 그래서 내 취향의 형태로 깎이는 연필깎이를 어떻게든 찾아내고야 마는 투철한 직업 정신 같은 것을 가지고 있다. 새로운 문방구나 서점에 가면 매장 안에 진열된 연필심의 형태를 유심히 관찰한다. 연필심의 형태까지 신경 쓰는 매장은 생각보다 그렇게 많지 않다.
하지만 종종 연필을 예쁘게 깎아 놓은 보물 같은 곳과 우연찮게 마주할 때가 있다. 자주 오지 않는 기회이기 때문에 매장을 관리하는 직원에게 거침없이 다가가 어떤 연필깎이를 사용했는지 꼭 물어본다. 다짜고짜 연필깎이에 대한 정보를 캐물으면 대부분 당황하지만 이내 연필깎이에 대한 정보를 아낌 없이 알려 준다. 자신이 쓰는 연필깎이에 대한 정보를 알려 주는 것은 연필깎이에 대한 애정 없이는 쉽지 않은 일이라는 것을 잘 알고 있다. 그래서 누군가 내가 가지고 있는 문구 제품에 대해 물어 오면 알고 있는 선에서 최대한 많은 정보를 주려고 한다. 다정한 마음까지 덧붙여서 말이다.

7년 전 뉴욕을 여행할 때의 일이다. 세 번째 뉴욕 방문이었다. 브루클린을 거니는 동안 작은 카페 겸 편집 숍을 발견했는데, 창문 너머로 보이는 따뜻하고 포근한 색감의 인테리어가 마음에 들었다. 월넛 색상으로 기본 틀을 잡아 놓은 레이아웃이 공간을 차분하고 기품있게 만들어 주고 있었다. 매서운 바람이 부는 브루클린 한가운데에서 꽁꽁 언 몸을 잠시 녹일 곳이 필요했던 나는 망설임 없이 문을 열고 들어갔다. 문을 열자 대여섯 명이 앉을 수 있는 테이블이 보였다. 카페 공간으로 사용되고 있는 듯했다. 중문을 지나자 문구, 리빙 용품이 가지런히 진열되어 있었다.

따뜻한 카페 라테를 주문하려고 카운터 앞으로 다가갔다. 카운터에는 우유의 종류와 단맛의 정도를 직접 고를 수 있는 주문 종이가 따로 마련되어 있었다. 그리고 그 옆에 이케아 연필(이케아에서 치수를 잴 수 있도록 비치해 둔 작은 연필)이 한 자루 있었다. 그런데 그 연필심이 정말 딱 내가 좋아하는 반듯하고 예리한 형태였다. 연필을 보자마자 반가운 마음이 앞서 커피를 주문하기도 전에 어떤 연필깎이를 사용했는지 물어봤다. 갑작스러운 질문에 직원의 얼굴엔 불편한 기색이 역력했다. 그래서 일단 커피를 주문하려고 하자 직원은 웃으며 연필깎이에 대한 정보를 알려 주기 시작했다. 자신도 좋아하는 연필깎이라며 같은 연필심을 좋아하는 사람을 만나 반갑다고 했다. 연필깎이에 대해 물어보는 사람은 처음이라 어떻게 말을 해야 할지 생각하느라 표정이 굳었다고 했다. 알고 보니 이 친구도 연필을 수집하는 연필 덕후였다. 이 인연 덕분에 인스타그램 친구가 되어 아직도 서로의 피드를 염탐하고 있다. 그리고 새로운 문구 제품 포스팅이 올라오면 제품에 대해 함께 이야기하는 사이가 되었다.

그 후로도 세계 곳곳에서 마음에 드는 연필심을 종종 발견했다. 그때마다 연필깎이 정보를 수집했다. 세상에는 내가 모르는 연필깎이가 굉장히 많았다. 연필깎이만 수집하는 전문적인 덕후도 존재한다는 엄청난 사실도 알게 되었다.
우연인지 필연인지 마음에 드는 연필심을 발견한 곳에서 사용했다는 연필깎이가 모두 동일한 제품이기도 했다. 그것은 바로 무인양품의 연필깎이 L 사이즈였다. 특별할 것이 없어 보여서 관심을 두지 않았던 제품인데 이 연필깎이를 의외로 많은 사람들이 곳곳에서 사용하고 있었다. 친하게 지내던 동료 일러스트레이터도 이 연필깎이로만 연필과 색연필을 깎는다고 했다. 당시 같은 디자인 팀에 있던 팀장님도 이 연필깎이만 사용한다는 것을 알게 되었다.
왜 이 연필깎이로 다듬은 연필심의 형태에 아름다움을 느끼는지 정확한 이유는 아직도 알 수 없다.

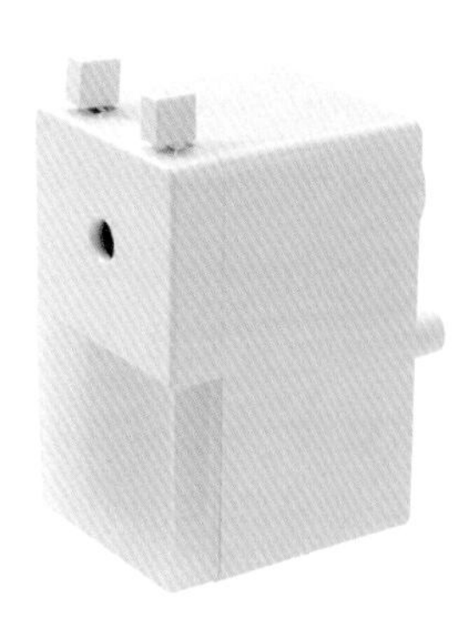

무인양품 연필깎이

굳이 말하자면 이 연필깎이로 깎은 연필을 오른손에 쥐고 글자를 쓸 때 손 아래의 글자가 가장 잘 보였다. 꽤 오랫동안 연필의 심을 일정하게 사용할 수 있는 점도 큰 장점으로 다가왔다.
내게 맞는 연필깎이인지 확인하는 특별한 절차가 있다. 그것은 프리즈마 수채화 색연필 48색을 모두 깎아 보는 것이다. 무인양품 연필깎이는 항상 마음에 드는 연필심을 만들어 줬다. 그래서 이 연필깎이를 나의 생활 반경 곳곳에 두었다. 서재 책상 위, 회사 사무실 책상 위에 연필깎이를 위한 작은 자리를 마련했다. 그 뒤로 이 연필깎이와 함께 많은 시간을 보냈다.

오랜 시간 찾아 헤맸지만 아직까지 만나지 못한 연필깎이도 있다. 데이비드 리스의 책 『연필 깎기의 정석』에도 나오는 연필깎이 중 하나다. 캐나다에서 처음 만든 이 연필깎이의 공식 이름은 'The little shaver pencil sharpener'다. 1900년대 초반에 캐나다와 미국에서 사용된 것으로 추정되는 이 연필깎이는 수동식 연필깎이 형태의 시초로 예상된다. 나는 15년 전 미국의 연필 덕후 블로그를 통해 이 사실을 알게 되었다. 연필 수집은 생각보다 외로운 일이었다. 당시에는 연필을 수집하는 사람이 많지 않았고 문구 덕후가 자신의 정체를 자신 있게 밝히던 시절이 아니었다. 연필을 수집한다고 하면 모두 "왜?"라고 물어보던 때였다. 방 한 가득 차지하고 있는 연필 서랍을 보며 부모님은 "연필 장사를 할 거냐?"라고 잔소리를 했다. 그러면 난 "언젠가는 하지 않겠어?"라고 웃으며 대답했다. 그 후 SNS가 발전하면서 연필과 관련된 여러 가지 정보를 더욱 쉽게 접할 수 있게 되었다.
아직 그 연필 덕후의 블로그가 존재하는지 알 수는 없지만 그는 미국 테네시주에 있는 내슈빌 지역에서 목수를 업으로 하고 있었다. 나무가 울창한 숲속에서 직접 집을 짓고 살아가는 그는 종종 나무 자투리로 만든 연필을 소개하곤 했다. 흑연을 모으고 만드는 방법부터 자세하게 다뤘던 기억이 난다. 그리고 이 친구도 The little shaver pencil sharpener를 즐겨 사용했다. 만약 이 친구가 유튜버였다면 신선한 콘텐츠로 문구 덕후 사이에서 굉장한 유명인이 되었을 것이다. 문구 콘텐츠뿐만 아니라 직업, 일상과 관련된 콘텐츠 채널로 많은 조회 수를 기록했을 것이다. 그를 통해 목수라는 직업에 매력을 느낀 이후로 종종 유튜브로 전 세계의 목수 이야기를 찾아본다. 혹시나 그가 유튜브 채널을 만들지는 않았을까 하는 희망을 안고 찾아보는 중이다. 덕분에 수많은 목수들이 자신의 직업이나 작품에 대해 소개하는 영상을 발견했다. 하지만 아직까지 그를 뛰어넘을 만한 콘텐츠를 본 적이 없다.

이 연필깎이는 지금까지 본 클래식 연필깎이 중에서

The little shaver pencil sharpener의 모습

가장 아름다웠다. 그리고 직관적이었다. 외형뿐만 아니라 연필을 깎기에 최적화된 구조도 갖추고 있다. 연필을 깎는 과정에 최대한 집중할 수 있는 구조로 제작된 것이다. 아주 수고스러운 과정을 거쳐야만 연필 한 자루를 깎을 수 있다는 점도 매력적이다.

유튜브를 통해 이 연필깎이로 연필을 깎는 영상을 자주 찾아봤다. 이 연필깎이를 처음 접하는 사람은 연필 한 자루를 깎는 데 거의 30분을 소비했다. 더군다나 연필심의 모양도 형편없었다. 그러나 어느 정도 익숙해지면 짧은 시간에 보기 좋은 연필심을 완성할 수 있다. 이 연필깎이와 함께라면 고생스러운 과정마저도 겸허하게 견딜 수 있을 것 같다. 시간과 공을 들여 연필을 깎아 낼 만큼의 가치가 있는 물건이니까.

이 연필깎이를 본격적으로 찾기 시작하면서 이베이 경매라는 새로운 세상을 만나게 되었다. 연필깎이를 찾기 위해 관련된 모든 검색어를 떠올려 봤다. Vintage pencil sharpener, Vintage pencil shaver, Vintage little pencil sharpener, Vintage little shaver 등 모든 검색어에 알림 설정을 해 두었다. 핸드폰 알람이 울리면 곧장 이베이 앱에 들어가 어떤 제품이 올라왔는지 수시로 확인했다. 회사에서 회의를 할 때도, 남자친구와 중요한 이야기를 나눌 때도 알람이 울리면 그 자리에서 확인했다. 그렇게 시도 때도 없이 이 오래된 연필깎이의 행방을 쫓으며 지냈다.
두 번 정도 비슷한 연필깎이가 경매에 올라온 적이 있었다. 그러나 내가 찾는 브랜드의 제품은 아니었다. 그 제품이라도 경매에 참여해 볼까 했지만 내가 원하는 것을 만나기 전까지는 참고 싶었다. 그러나 몇 달이 지나도 이 연필깎이는 찾을 수 없었다.

연필깎이를 찾기 위해 시작한 경매가 점점 빈티지 연필을 찾는 과정으로 변하기도 했다. 원하는 제품이 올라오지 않자 평소에 좋아하던 빈티지 연필을 찾아보기로 계획을 변경한 것이다. 빈티지 연필은 물론이고 연필의 패키지도 좋아했다. 내가 태어나기도 전에 만들어지고 사용된 연필과 그 패키지 디자인을 살펴볼 수 있다는 게 흥미로웠다. 80년 전에 제작된 패키지 디자인과 로고 디자인은 지금 봐도 아름다웠다. 그 당시에 이토록 군더더기 없이 멋진 레이아웃을 디자인할 수 있었다는 사실에 늘 감탄했다. 빈티지 연필을 좋아했던 건지, 아니면 빈티지 연필의 패키지에 더 관심이 있었던 건지. 아무래도 둘 다인 것 같다.
하루에도 수십 번 이베이 사이트를 들락거렸다. 그야

말로 '옥션병'에 걸린 것이다. 옥션을 통해 원하던 연필을 구입한 이후로 경매의 재미를 알아 버렸다. 내가 참여한 옥션은 주로 미국 옥션으로 늦은 오후 시간에 마감되었다. 한창 옥션에 몰두해 있을 때 나는 한국에 있었다. 옥션은 한국 시간으로 새벽에 마감되었는데 마감 1분 전에는 그야말로 소리 없는 전쟁이 일어난다. 옥션에 참여한 사람들은 서로 눈치 게임을 하며 금액을 조금씩 올린다. 마감까지 10초 정도가 남으면 금액은 배로 올라간다. 만약 옥션에 올라온 제품의 희소성이 높은 경우 이러한 현상은 더욱 심해진다. 그리고 약 3초 정도가 남았을 때 하늘에 계신 모든 신들을 생각하며 최종 금액을 제시한다. 평소 게임을 하지 않지만 이런 스릴 때문에 게임에 빠지는 것이 아닐까. 그렇게 졸린 눈을 비비며 참여한 옥션에서 입찰에 성공하면 행복한 미소를 띄운 채 잠들 수 있었다. 만약 그 반대라면 원하는 제품과 똑같은 것을 또다시 찾아내 경매를 걸어 두었다. 운이 좋아 같은 연필을 찾으면 안심을 했고, 그렇지 않으면 며칠을 침울한 상태로 보냈다.

어떤 물건은 좀처럼 쉽게 만나지 못한다. 나에게는 The little shaver pencil sharpener가 그랬다. 지금까지 인터넷에 있는 온갖 빈티지 마켓과 경매 사이트를 뒤져 보았다. 그리고 유럽 곳곳으로 여행과 출장을 다니는 동안 셀 수 없이 많은 빈티지 마켓을 돌아다녔다. 그때마다 잃어버린 강아지를 찾는 사람처럼 핸드폰에 저장된 연필깎이 사진을 셀러들에게 보여 줬다. 하지만 매번 돌아오는 대답은 'No'였다.
프랑스 파리에 있는 빈티지 마켓에 갔을 때도 쌀쌀한 가을 바람을 맞으며 이 연필깎이의 행방을 여기저기 물어봤다. 그런데 낯선 셀러에게 사진을 보여 준 순간 이것과 비슷한 제품을 가지고 있는 셀러를 알고 있다는 대답이 돌아왔다. 그는 자신의 친구가 이 연필깎이를 가지고 있다고 하며 바로 친구에게 전화를 걸었다. 나는 너무 반가운 마음에 빈티지 엽서와 우표를 팔고 있는 그 아저씨 가게 앞에 가만히 서 있었다.
몇 분이 지나자 한 아주머니가 다가왔다. 그리고 자신이 가지고 있는 연필깎이 사진을 몇 장 보여 줬다. 아쉽게도 그 많은 사진 속에 내가 찾고 있는 연필깎이는 없었다. 천국과 지옥을 오가는 기분이었다. 그래도 두 사람에게는 너무 고마워서 아저씨 가게에서 마음에 드는 엽서 몇 장을 사고 아주머니 가게에서 펜촉 몇 개를 구입했다. 그리고 왓츠앱(WatsApp) 연락처를 주고받은 뒤 헤어졌다. 그 후로 5년이라는 시간이 지났지만 어떤 연락도 받지 못했다. 어느 날 갑자기 연필깎이를 찾았다는 연락이 올까 봐 아직도 연락처를 지우지 못하고 간직하고 있다.

파버카스텔 연필과의 어떤 인연

빈센트 반 고흐가 동료 화가 안톤 반 라파르트에게 보낸 편지에는 파버카스텔의 카스텔 9000을 극찬하는 내용이 나온다.

> "이 연필은 이상적이라고 할 만큼 단단하면서도 매우 부드러워. 재봉사 소녀를 그릴 때 이 연필을 썼는데 석판화 같은 느낌이 정말 만족스러웠어. 부드러운 삼나무 바깥에는 짙은 녹색이 칠해져 있지. 가격은 한 개에 20센트밖에 하지 않아."•

중학생 때부터 고흐를 동경했는데 이 이야기를 알고 난 뒤부터는 그를 더욱 좋아하게 되었다. 나도 꽤 오래전부터 카스텔 9000을 가장 애정하는 연필로 지정하고 거의 매일 사용하고 있다. 드넓은 연필의 세계를 돌고 돌다가도 결국 다시 손에 쥐는 연필이 바로 카스텔 9000이다.

신기하게도 내 인생에서 이 연필 한 자루로 이어진 인연이 많다. 그중 한 분은 건실한 기업을 이끄는 회장님이었다. 비스콘티 한정판 만년필만 사용할 듯한 인상인데 사업 아이디어가 떠오를 때마다 오직 연필로 메모를 한다고 했다. 가장 애호하는 연필은 카스텔 9000.

• 권혜련, '[취향의 물건] "글씨 잘 쓰시네요. 어떤 펜 쓰세요?"', 조선일보(2017.02.23)에서 재인용

그 이유로는 질리지 않는 클래식한 디자인을 들었다. 그분은 파버카스텔의 장점을 이야기하며 서재 한편에 있는 작은 나무 박스 하나를 꺼냈다. 그 안에 카스텔 9000 몽당연필이 가득했다. 이십 대 시절부터 육십 대가 될 때까지 일을 하면서 사용한 연필을 모두 모아 온 것이라고 했다. 모아 둔 이유에 대해 물으니 짧아진 연필을 보면 초심으로 돌아가 자만하는 마음을 버릴 수 있다고 했다. 겸손한 마음으로 운영 중인 회사를 바라볼 수 있다는 것이었다. 닳고 닳은 연필 한 자루에 그동안의 땀과 노력이 담긴 것 같아 마음이 뭉클했다. 쉬지 않고 노력해 온 덕분에 지금과 같은 회사를 일궈낼 수 있었을 것이다. 작은 나무 박스 안에 회장님의 삶이 담긴 것 같았다.

4년 전, 태국어를 배우기 위해 방콕에 있는 한 어학원을 찾아갔다. 서로 다른 국적을 가진 여섯 명의 수강생이 한 반이 되었다. 매일 아침 같은 자리에서 3개월 정도를 마주하니 서툰 태국어로 장난을 칠 정도로 친해졌다.
같은 반 수강생 중에서 유난히 눈에 띄는 친구가 있었다. 그는 다른 수강생과 거의 이야기를 나누지 않았다. 러시아에서 온 이 친구는 키가 190㎝를 훨씬 넘을 듯했다. 조금 험상궂은 인상이었지만 하루도 빠짐없이 수업에 열중하는 모범생이었다. 그리고 웃을 때 왼 볼에 보조개가 움푹 파였다. 생각보다 무섭지 않은 친구일 것 같았다. 무엇보다 이 친구에게 관심이 갔던 이유가 연필이었기 때문에 조금 더 가까워지고 싶었다. 그는 항상 같은 연필을 사용했다. 다른 필기구는 전혀 없었다. 오로지 연필 두 자루, 지우개 한 개, 작은 연필깎이 한 개가 전부였다. 연필은 역시 카스텔 9000. 지우개와 연필깎이 모두 동일한 브랜드였다. 카스텔 9000을 안다는 것은 연필에 어느 정도 관심과 지식이 있다는 것을 의미한다. 오랫동안 필기를 해도 손에 피로가 쌓이지 않는 우수한 연필이기 때문이다. 그의 책상 왼쪽 모서리에는 늘 지우개, 연필, 연필깎이가 가지런히 정돈되어 있었다. 이 모습이 마치 갓 입학한 초등학생이 책상 위를 정리해 놓은 것처럼 꽤 귀엽게 다가왔다.
아무래도 이 친구에 대해 자세히 알고 싶어졌다. 쉬는 시간에 용기를 내 말을 걸어 보았다. "너 이 연필 좋아해? 나도 좋아하는데. 만나서 반가워!" 만나서 반갑다고 하기엔 이미 매일 얼굴을 본 지 3개월이 넘어가는 시점이었다. 어쩐지 더 서먹해진 느낌이 들었다. 친구는 눈을 동그랗게 뜨며 "응. 나는 이 연필을 좋아해. 그래서 언제든 이 연필을 가지고 다녀. 너도 연필에 관심이 많니?"라고 대답했다. 왼 볼의 보조개가 더 크고 깊어졌다. 나는 곧바로 무장 해제되어 그동안 하고 싶었던 이야기를 마구 쏟아 냈다.
10분 남짓한 쉬는 시간은 너무 짧았기 때문에 수업이

끝나고 함께 근처에 있는 태국 음식점으로 가서 식사를 하기로 했다. 그는 파타야에 태국인 부인이 있었고 아내와 의사소통을 하고 싶어서 태국어를 배운다고 했다. 나도 태국인 남편과 태국 가족들과 깊은 의사소통을 하고 싶어 태국어를 배우러 온 참이었다. 이야기를 나눠 보니 우리는 이런저런 비슷한 구석이 많았다. 같은 반 친구들은 하루아침에 그와 내가 친해진 것을 보고 의아해했다. 자초지종을 말해 주니 '연필의 힘'이 대단하다고 놀라워했다. 덕분에 종강을 앞두고 다 같이 파타야에 가서 해산물 파티를 할 정도로 친해졌다.
카스텔 9000을 보면 어학원 친구들이 떠오른다. 코로나19로 어학원 수업은 비대면으로 전환되었고, 우리들은 뿔뿔이 흩어졌다. 하지만 각자의 자리에서 그때처럼 모두 유쾌하게 잘 지내고 있겠지.

조금 더 오래전의 인연도 있다. 대학원에서 논문을 쓰던 시절, 친구에게 소개팅 제안을 받았다. 석사 과정 졸업을 앞두고 논문을 쓰며 세상에 대해 모르는 게 많아 한창 괴로울 때였다. 평소에 소개팅을 하지 않았지만 기분을 환기시킬 새로운 무언가가 필요했기 때문에 덥석 수락했다.
5월의 주말 저녁이었다. 잠실 근처의 한 카페에서 상대와 만나기로 했다. 오랜만에 화장을 하고 좋아하는 옷을 입고 약속 장소로 향했다. 기분 전환만 하고 오겠다고 마음속으로 다짐을 했다. 카페에 도착해 주변을 둘러보니 한 남자가 책을 읽고 있었다. 오크 나무 테이블 위에는 카스텔 9000 한 자루와 올리브색 몰스킨 노트가 무심한 듯 툭 놓여 있었다. '와, 취향이 완전 내 스타일이네!' 생각한 순간, 그 사람이 나의 이름을 불렀다. 우리는 원래 알던 사이처럼 이야기를 주고받았다. 책상 위에 놓인 연필을 자세히 보니 연필깎이 겸 연필심을 보호하는 가드까지 씌워져 있었다. 나는 속으로 이 사람은 내 부류구나, 분명 연필을 아끼는 사람이구나, 확신했다. 연필에 대한 이야기로 시작해 서로의 어린 시절 이야기까지 닿았다. 연필은 인간이 기억하는 가장 순수한 시절로 데려다 주는 마법 같은 존재다.

서로에게 끌렸던 강렬한 첫인상 덕분에 우리는 금세 더 가까운 사이로 발전할 수 있었다. 연필 한 자루가 서로에게 큰 동질감을 주었고 유대감을 형성시켜 주었다. 주말마다 함께 광화문에 가서 청계천을 걷고 서점에 갔다. 그와 나눈 이야기 중 가장 기억에 남는 것은 '왜 서점 옆에는 문구 코너가 있는가?'다. 교보문고에는 핫트랙스 문구 섹션이 있다. 일본에 있는 츠타야 서점에 가면 그 옆에 문구 코너가 제일 먼저 눈에 들어온다. 우리가 내린 결론은 '책을 좋아하는 사람들은 문구에 관심이 많고, 문구를 좋아하는 사람들은 책에 관심이 많다'는 것이었다.

하지만 서로를 더 알아 갈수록 다른 성격과 성향이 보

였다. 비록 청계천의 유속만큼 잔잔했던 연애로 종결되었지만 연필이 맺어 준 또 한 명의 인연임은 분명하다. 소개팅 자리에 외제차 키가 떡하니 놓여 있었다면 나는 그 자리를 바로 박차고 나왔을 것이다. 테이블 위에 놓인 물건이 연필이었기 때문에 우리는 짧은 시절을 함께 보낼 수 있었다. 나는 그 사람에게 끌렸던 걸까, 카스텔 9000에 끌렸던 걸까? 10년이 지난 지금에 와서 곰곰이 생각해 보자면 아무래도 후자였던 것 같다.

광화문 교보문고 현판에 한동안 이런 문구가 걸려 있었다. "사람이 온다는 건 실은 어마어마한 일이다. 한 사람의 일생이 오기 때문이다." 시간이 지나도 이만큼 마음에 와닿는 구절을 만나지 못했다. 가장 원초적이고 그래서 가장 아름다운 글귀다. 무수히 많은 일생을 연필을 통해 만났다. 무척 놀랍고 설레는 일이 아닐 수 없다. 앞으로 카스텔 9000으로 이어질 무수히 많은 일생은 어떤 모양을 하고 있을까. 그리고 내게 어떤 파동을 남길까.

2B
FABER-CASTELL
9000
CASTELL
2B
FABER-CASTELL
9000
CASTELL
2B
FABER-CASTELL
9000
CASTELL
2B
FABER-CASTELL
9000
CASTELL

정다은 @preludestudio

낮에는 문구를 만들고 밤에는 문구를 씁니다. 문구 브랜드 프렐류드 스튜디오 Prelude Studio를 운영합니다. “지우개를 보다가 네 생각이 났어”라는 말을 듣는 순간, 사랑 고백을 받은 듯합니다.

{ 지우개 }

"지우개를 보면 지난 여행에서의
시간이 생생히 떠오른다."

지우개라는 세계

진짜 지우개를 만나다

몇 해 전 친구네 집에 놀러 갔다가 손바닥 크기의 나무 수납함 안에 담긴 지우개를 본 적이 있다. 크고 작은 지우개가 옹기종기 모여 있었는데, 그 자체만으로 아름다웠다. 그때 이런 생각이 들었다. '누군가 애정 어린 시선으로 바라보는 것에는 어떤 반짝이는 빛이 깃드는 듯하다.'

그런 빛을 지닌 사람들을 애정하고, 그 빛을 따라 걷는 시간도 좋아한다. 그렇게 누군가와 길을 함께 걷다 보면 나의 세계도 덩달아 확장되는 듯한 경험을 하게 되는데, 내가 가진 결과 비슷한 경우 공감대만큼의 취향을 나눌 수 있어서 즐겁고 반대로 결이 분명히 다른 것을 경험하면 내가 가진 결이 더욱 선명한 색을 띠게 되어서 스스로를 낯설게 볼 수 있어 좋다.

그날은 친구를 통해 처음으로 지우개를 제대로 봤다. 그동안 학교 앞 문방구에서 수많은 지우개를 접했고, 미대 입시를 준비하며 화방에서 볼 수 있는 전문가용 지우개까지 다양하게 사용해 봤다고 자부해 왔지만 어쩐지 진짜 지우개와 마주한 건 그날이 처음이라는 생각이 들었다. 그동안 내가 본 지우개가 그저 연필로 쓴 글자를 지우는 도구에 불과했다면 그날 마주한 건 지우개 그 자체의 아름다움이었다.

이창동 감독의 영화 〈시〉에는 알츠하이머를 앓고 있는 미자가 문예 교실에서 김용택 시인(극 중 김용탁)에게 시를 배우는 장면이 나온다. 시인은 말한다. "지금까지 여러분은 사과를 진짜로 본 게 아니에요. 사과라는 것을 정말 알고 싶어서, 관심을 갖고, 이해하고 싶어서, 대화하고 싶어서 보는 것이 진짜로 보는 거예요."
인생에서 이미 수없이 많은 사과를 입에 베어 물어 봤을 학생들에게 시인은 학생들이 그동안 보지 못한 '사과'에 대해 이야기한다. 이처럼 진짜로 본다는 것은 눈에 보이는 것을 넘어 눈에 보이지 않는 아름다움에 대해 이야기하는 것이다. 어떤 수단이 아니라 그 자체만으로 목적이 되는 것. 우리는 그것을 사랑이라고 부른다. 그렇게 내가 사랑한 문구, 지우개와의 이야기가 시작되었다. 지우개의 아름다움과 마주한 뒤로 나는 지우개에 대해 더 알아 가고 싶어졌고, 오늘의 지우개뿐만 아니라 내일의 지우개도 궁금해졌다. 그렇게 지우개와 만나는 날이면 우리는 함께 집으로 걸어오며 서로의 지난 이야기를 신나게 떠들어 댔다. 그렇게 내 삶에 지우개가 들어왔다.

나의 사랑 이야기

하고 많은 문구 중 왜 하필 지우개를 선택했는지 물어

본다면 나는 사랑 이야기를 쓰려고 지우개를 선택했다고 답하고 싶다. 지우개 외에도 좋아하는 문구는 너무나도 많지만, 지우개에 대한 애정은 내 마음속 서랍 중에서도 특별히 다른 곳에 분류되어 있는 듯하다.
하나로도 완전한 문구들 사이에서 지우개는 늘 연필과 함께 다닌다. 혼자 다니면 편할 것을. 나란히 걷는 일에는 많은 에너지가 필요하니까. 그럼에도 함께한다는 건 왠지 보기 좋다. 사물도, 사람도. 왜일까? 연필은 연필만 존재하던 시절도 있었다는데, 지우개는 처음부터 끝까지 연필이랑 동행하고 싶은 모양이다. 연필이 들어 있는 필통에 함께 있기도 하고, 연필의 기둥 끝에 붙어서 심지어 하나가 되어 있는 모습을 보면 분명 그 둘은 떼려야 뗄 수 없는 운명인 것이다. 그러고 보니 연필이 있기에 지우개라는 이름도 있을 수 있는 것 아닌가? 연필이 없었다면 지워야 할 것도 없었을 테니까. 그러니 지우개에게 연필은 자신의 이름을 지어 준 존재라는 의미가 있을지도 모르겠다.

만남과 헤어짐을 반복하며, 나는 사람마다 정의하는 사랑이 다르다는 사실을 알게 되었다. 사랑의 모양도 우리가 사회적으로 약속한 하트 말고도 여러 모양이 있을 거라고 생각한다. 빨간색 하트도 있지만 무채색 하트도 있을 거라고, 그리고 세상 어딘가에는 내가 경험하지 못할 하트도 있을 거라고 생각한다. 그래서 새로운 누군가를 마주하면 이 사람의 사랑은 어떤 모양일까, 어떤 색깔을 가졌을까, 궁금한 마음에 괜스레 미소를 짓게 된다.

나의 사랑 이야기를 꺼내 보자면, 내 사랑은 누군가의 편지에 답장을 쓰는 마음과 닮았다. 나에게 사랑은 풀 한 포기에 햇살과 바람과 물을 준비하는 손길이고, 나에게 사랑은 시절마다 자화상을 그리는 일이다. 나에게 사랑은 누군가에게 이름을 지어 주는 일이고, 나에게 사랑은 갑자기 내린 소낙비에 우산을 들고 나타나 손을 흔드는 엄마의 모습이다. 나에게 사랑은 계속해서 알아 가고자 하는 태도이며, 나에게 사랑은 뜻밖에 좋은 것을 경험하게 되었을 때 떠올리게 되는 사람. 나에게 사랑은 내가 아닌 네가 되는 경험. 누군가의 무게를 덜어 주는 쪽에 있다. 나에게 사랑은 기다림마저 설레는 것이고, 나에게 사랑은 하는 것이 아닌 그저 사랑인 것. 딱딱하게 경직된 사람을 있는 힘껏 포옹해서 말랑말랑하고 따뜻하게 펴 주는 것이다. 나에게 사랑은 '그럼에도 불구하고'라는 후회 없는 선택이며 '기꺼이'라는 말로 동행하는 것이다.
지우개를 보며 좋아하는 것과 사랑하는 것의 차이를 배운다. 좋아하는 건 주체가 나지만, 사랑하는 건 주체가 상대가 된다. 그 대상을 통해 비로소 나를 보게 되는 것. 좋아한다는 건 대상을 잘 알지 못해도 가능하지만, 사랑한다는 건 대상을 지켜주기 위해 더 알아 가고 싶은 마음으로 이어진다. 사랑하는 대상을 더 오래도록 아름답게 하기 위해 내가 취해야 하는 행동도 있다.

지우개를 보고 있으면 친구, 지난 여행지에서의 추억, 내가 가진 취향, 지우개 고유의 아름다움이 떠오른다. 지우개를 더 오래 보기 위해 올바르게 보관하는 방법에 대해서도 찾아보고 수납함으로 적합한 가구도 눈여겨보게 된다. 오늘뿐만 아니라 내일도 보고 싶은 마음. 지우개를 지금처럼 온전한 상태로 조금 더 오래 보고 싶은 만큼 행동할 때, 내가 가진 애정의 깊이도 가늠할 수 있다. 사랑이라는 이름으로 할 수 있는 일들이 세상에 얼마나 있을까 싶지만, 사랑은 인생에서 꽤 많은 언덕길을 기꺼이 오를 수 있도록 묵묵히 손을 잡아 준다. 단지 '사랑이라는 이름으로'.

사람을 사랑하고, 사물을 이용하라. 반대로 하지 마라

마음에 새겨지도록 반복해서 읽은 문장이 있다.

> Love People, Use things. Not vice-versa. (사람을 사랑하고, 사물을 이용하라. 반대로 하지 마라.)

어려서부터 동물보다는 사물을, 살아 있는 존재보다 수동적인 인형에 더 관심이 많았던 나에게 이 문장은 신조로 삼고 지켜야 할 메시지로 다가왔다. 여전히 문구를 비롯한 사물을 애정하고 있지만, 결국 사랑은 사람을 향해야 한다고 생각한다. 사람만이 사랑받을 자격이 있다는 이야기를 하려는 게 아니다. 사람을 사랑하는 일이 가장 어렵기에 오히려 강조해야 하는 것이다. 누군가에게는 이 말이 너무 당연할지 모르지만 애호가의 삶을 살아가는 나에게는 이게 왜 이렇게 어려운 일인지 모르겠다. 그도 그럴 것이 살면서 사람을 미워한 적은 많지만 사물은 미워한 적이 없다. 그렇게 오래전부터 생명 없는 것들에 관심을 기울이고 있었다. 지우개 외에도 이를테면 우표, 엽서, 노트, 찻잔, 책, 화병, 피규어 같은 것을 수집하고 있고 곤충 표본과 박제술에도 관심이 많다.

이런 나의 마음에 큰 변화가 생긴 건 반려묘 '아지' 덕분이었다. 아지와 함께하고 어쩔 수 없이 아지를 먼저 떠나보내며 살아 있는 존재에게 눈길이 가기 시작했다. 지금은 작업실 주변에 있는 길고양이들을 보살피고 있다. 하나의 생명이 살아 있다는 게 얼마나 기적 같은 일인지 체감하면서 동물에 대한 애정이 삶에 스며들기 시작했고, 사람에 대해서는 아직 입문 단계다. 그렇게 사람을 사랑하고 사물을 이용하기 위해서 지금 할 수 있는 일이 무얼까 생각하다가 떠오른 게 있다. 바로

'선물'이다.

"단순하게 보면 물건을 보내는 일에 불과하지만, 실제로는 마음의 교류가 이루어지는 게 선물이라고 생각한다." 일본의 작가이자 심리치료사 기나모리 우라코의 말이다. 언젠가 '누군가를 열렬히 사랑해 본 경험이 있는 사람들에게는 개개의 사물에도 저마다의 의미가 많다'는 이야기를 들어 본 적이 있다. 때때로 어떤 사물을 보고 특정 존재가 떠오르기도 하는데 그럴 땐 사물이 선물이 되기도 한다. 재미있는 순간이다.
사물을 통해 마음을 표현할 때, 형체 없는 우리의 마음에 형체를 부여하며 사물은 선물이 된다. 그래서인지 지우개를 선물 받을 때마다 낯선 도시에서 나를 생각해 준 이의 마음을 느낀다. 주변 친구들에게도 저마다 의미 있는 사물이 다르기에 나 역시 그들을 보고 싶어 하는 마음으로 낯선 도시에서 세상에 하나뿐인 선물과 마주하고 그 발견의 기쁨을 캐리어에 담아 온다. 나의 기쁨을 친구에게 선물로 전할 때 우리들 사이에 마음의 교류가 이루어진다. 그렇게 사물을 이용해서 사람을 사랑하는 일을 소중한 이들과 함께 나누며 배워 가고 있다.

지우개와 디테일

사람에게 여러 가지 표정이 있는 것처럼 지우개도 표정이 다양하다. 기능에 충실해 외형마저 진지한 표정을 가진 지우개부터 기다란 몸통을 커터로 자르면 아기자기한 지우개들이 생겨나는 귀여운 표정의 지우개, 그저 지우는 것만으로도 그림에 새로운 효과를 만들어 주는 놀라운 표정의 전동 지우개, 천연 지우개 둘레에 골드 색상의 금속 슬리브가 장착된 우아한 표정의 'SEED SUPER GOLD ERASER'까지. 그중에서도 디테일에 감탄하게 되는 지우개가 있다.

지난 2월 도쿄 문구 여행 중에 만난 지우개의 디테일에 한눈에 반하고 말았다. 지울수록 풍경이 드러나는 AIR-IN MT.FUJI, 후지산 지우개다. 외부는 푸른색 직육면체에 내부는 별 모양의 새하얀 컬러로 이루어진 지우개를 문질러 사용하다 보면 서서히 후지산의 만년설이 그 모습을 드러낸다. 사용자가 그 사물을 사용해야만 비로소 완성되는 지우개. 지우는 기능을 사용하면서 동시에 색다른 풍경을 만들 수 있다니! 내게는 이 과정이 감동적으로 다가왔다. 창작자 자신이 충분히 완성할 수 있는 그림의 마지

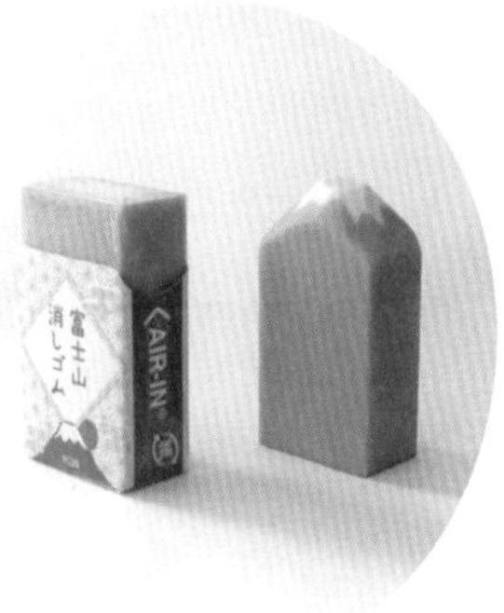

막 여백을 사용자에게 슬며시 건네주는 듯한 인상을 받았기 때문이다.

살면서 감동을 받을 때마다 스스로에게 던지는 질문이 있다. '나라면 어땠을까?' 단번에 공감할 줄 아는 사람이 아니기 때문에 이렇게라도 입장을 바꿔 생각해 보면 머리가 아닌 가슴으로 선명히 와닿는 게 있다. 상대가 어떤 행동을 하기까지 얼마나 많은 마음이 모여 실행에 옮겨진 것인지를 깨닫게 되면서 다시 한번 감동을 받는다. 첫 번째 감동은 갑자기 날아온 무언가로 인해 물 밖으로 튀어 오르는 수백 개의 물방울, '감탄'에 가깝다면 두 번째 감동은 밖으로 나오는 탄성이 아닌 안으로 점점 크게 울려 퍼지는 파동, '물결'과 같다. 후지산 지우개를 보며 나에게 했던 질문은 "창작자로서 사용자를 위해 소중한 마지막 여백을 건네줄 수 있겠어?"였고, 그에 대한 나의 답은 "이제는 그럴 수 있지 않을까?"이다. 모르긴 몰라도 후지산 지우개를 한번 경험해 본 이상 그러지 않을 수 없다. 나는 이미 선물을 받은 것 같아서. 내가 문구를 만든다면 사용자에게도 기꺼이 그럴 수 있겠다는 마음이 든다. 사랑을 받아 본 경험이 추가되었다고 표현하는 것이 적절할지도 모르겠다.

각국을 다니며 문구 여행을 하다 보면 실제 사물이나

동물의 모습을 형상화한 지우개를 곳곳에서 만날 수 있다. 대부분 실물과 구별이 가능한 수준이지만 어떤 지우개는 실제 사물의 특성을 묘사한 디테일이 특히 돋보인다. 정교한 묘사는 자칫 징그럽게 느껴질 수도 있는데 적당한 미의 경계를 잘 아는 듯한 지우개는 보는 순간 감탄이 나온다. 최근 본 것 중에서는 '식빵 모양 지우개'와 '치킨 모양 지우개'가 그랬다. 친구들에게 선물로 받은 이 지우개는 패키지마저 실제 포장지를 그대로 재현해 시각적인 즐거움을 극대화했다. 두 손가락으로 치킨 지우개를 집어 보면 튀김옷 안쪽에 있는 딱딱한 뼈의 촉감이 선명하게 느껴져 순간 움찔하게 된다. 문득 미니어처가 주는 즐거움에 대해서도 다시 생각하게 만드는 지우개. 그 작은 사물 안에 내가 알고 있던 세계가 오밀조밀하게 밀집되어 있는 모양새를 보고 있자면 미니어처를 마주할 때처럼 극명한 대비감을 즐길 수 있다. 그 귀여운 격차감은 내가 가진 스트레스도 한순간에 작아질 것 같은 기분 좋은 상상을 불러온다.

밀란의 I Love Mistakes 지우개는 새하얗고 널찍한

지우개에 'I ♥ MISTAKES'라고 쓰여 있다. 아인슈타인의 말처럼 어떤 실수를 해 봤다는 사실은 무언가를 시도해 봤다는 이야기가 된다. 연필로 쓴 기록을 언제든 수정할 수 있는 지우개의 특성과 실수에 대한 사랑 고백이 연결되어 I Love Mistakes 지우개가 되었다. 게다가 이 지우개는 어른 손바닥만큼이나 큼지막해서 책상 위에 올려 두면 마치 가훈을 벽에 걸어 두기라도 한 듯 마음마저 웅장해진다. 왠지 더 좋은 실수를 해 보고 싶어질 것 같다. 어쩌면 이 지우개가 좋은 실수를 불러올지도 모를 일이다. 지우개 하나에 기대되는 마음이 여러 겹으로 포개진다.

이렇듯 굳어진 관점을 말랑말랑하게 전환시켜 주는 지우개를 보면 창작자가 어떤 사람일지 궁금해진다. 지우개의 디테일로 그 사람이 가진 면모를 다 알 수는 없겠지만 적어도 사물과 사용자에 대한 창작자의 태도는 짐작해 볼 수 있다. 실제로 문구를 제작하다 보면 우연히 발견되는 문구는 있어도 우연히 만들어지는 문구는 없다는 사실을 배우게 된다. 선택의 연속으로 만들어지는 문구는 의도를 담은 노력의 산물이다.

우연이라는 이름으로 발견된 어떤 소재적 특성은 있더라도 문구는 누군가의 의도나 계획이 있어야 하나의 문구로 완성될 수 있다. 문구에 대한 아이디어를 실현하기 위해서는 초기에 구상한 디자인이 실물로 나올 때까지 시도해야 한다. 그러면서도 처음 아이디어를 떠올렸을 때처럼 환하게 웃어 보일 수 있는 에너지를 필요로 하니 처음부터 끝까지 행동하는 마음과 인내 없이는 결코 이루어질 수 없는 일이다. 감탄을 넘어서 감동을 전하는 문구일수록 그것을 창작하는 이와 그의 삶이 궁금해진다.

오래된 문구를 대하는 마음가짐

문구를 만드는 것이 나의 일이라면 문구를 쓰는 것은 나의 놀이다. 오늘은 일로서의 문구와 놀이로서의 문구가 함께하기로 한 날이다. 그동안 수집해 온 고전 문구를 진열장에 정돈하기로 약속한 날이 다가온 것이다. 한국과 도쿄, 런던에서 50년대와 90년대 사이에 생산된 고전 문구를 여건이 되는 만큼 수집하고 있다. 오래된 문구를 수집하는 까닭은 문구업을 하고 있는 지금의 시간과도 관련이 깊다.
2015년부터 문구 브랜드 프렐류드 스튜디오 Prelude Studio를 시작했고, 2020년에는 대전에 문구점 The Prelude Shop을 열었다. 다꾸나 문구 덕후라는 말이 생기기 전까지 문구는 좀처럼 주목을 받지 못했기 때문에 기약 없이 외로운 시기를 보내야 했다. 게다가 코로나19를 겪으면서 감내하며 버티는 시기도 필요했다. 그럼에도 불구하고 이 정도면 정말 천직이라는 게 있는 건 아닐까 하는 생각이 팬데믹 이후에 더 확고해졌다. 이토록 오랜 시간 문구를 즐겨 왔으며 어두운 날에도 어김없이 문구를 선택한 지난 날들을 떠올리면 지금의 마음가짐도 달리하게 된다.

처음에는 많은 재고를 떠안고 산다는 게 너무 무겁고 무서워서 자다가도 눈이 번쩍 떠졌다. 혹시 내가 갑자기 죽기라도 한다면 이렇게 금이야 옥이야 만든 문구들은 어떻게 되는 걸까? 인간으로서 처할 수 있는 여러 상황 때문에 내가 만든 수많은 문구가 가야 할 길을 잃어버리는 모습은 상상만 해도 끔찍해 난생 처음 유언장을 쓰기도 했다. 유언장에는 내가 더 이상 문구의 삶을 책임지지 못하게 될 경우 프렐류드와 The Prelude Shop을 누가 맡아서 운영하면 좋겠는지, 문구는 어떻게 만들고 생산된 문구를 관리하는 방법은 어떠한지, 개인적으로 소장하기 위해 모아 둔 문구는 어떤 순서로 가까운 지인들에게 배분할 것인지 등의 내용이 상세히 적혀 있다.

이처럼 그전에는 느낄 수 없었던 책임의 무게를 나는 문구를 보며 지게 되었다. 그 무게는 해마다 가중되어 때로는 견디기 힘든 중압감으로 다가오기도 했고, 균형을 잡지 못해 휘청거린 날도 많았다. 그래도 그보다는 좋은 날들이 훨씬 더 많았는지 책임감 너머의 무엇이 내 안에서 꿈틀거리기 시작했다. 문구업을 하루 이틀 할 것이 아니니 더 이상 일희일비하지 않겠다는 다짐은 사명감이라고 불리는 처음 느껴 보는 마음가짐을 선사해 주었다.

그렇게 일을 하며 문구의 역사도 함께 지켜 가고 싶다는 마음에 고전 문구를 수집하기 시작했다. 오래된 문구를 사용하는 쪽보다는 보존하는 쪽이 그 사물에 대한 예를 다하는 것이 아닐까 싶은 것이고, 그 예를 현재 문구업에 임하고 있는 내가 지키는 것이 마땅하다는 생각이 들었다. 사람도 있어야 할 자리에 있을 때 가장 아름답듯이 사물의 있어야 할 자리를 알기 위해서는 우선 사물의 가치부터 파악해야 한다. 그동안 문구업을 하며 얻은 작은 안목과 지식으로 오래된 문구의 가치를 발견해 낸다면 그들의 자리를 지키는 일에도 내가 가진 힘을 보탤 수 있지 않을까?

문구를 가리키며 '아이'라는 말로 대체해 다정하게 부를 때가 많다. 이를테면 "이 귀여운 아이는 뭐람?"이라고 한다거나 "요 아이는 내 방에 두어야겠어!"라는 식으로. 보호 본능을 일으키는 작고 소중한 문구를 보았을 때 나는 문구라는 말 대신 아이라는 말로 부른다. 하지만 고전 문구의 경우 애칭이 달라진다. 문구의 생산 연도를 보았을 때 그 사물보다 내가 아이라는 존재에 더 가까운 것이다. 내가 태어나기도 훨씬 전에 생산된 것들이 대부분이어서 태생으로 본다면 분명 내가 더 귀여운 존재여야 한다. 그래서인지 아이보다는 어르신이라는 호칭이 더 잘 어울린다. 고전 문구 중에서 가장 많이 수집한 것도 역시 지우개다. 코팅조차 되지 않은 종이에 스테이플러로 정성스럽게 포장된 어르신 지우개들. 요즘 내가 만들고 있는 몇몇 스티커를 동일한 방식으로 포장하고 있어서 그런지 어르신 지우개와 내가 만든 아이의 이미지가 묘하게 겹쳐 보인다.
지우개의 표면과 포장 종이에 세월의 흔적이 묻어나는 어르신을 물끄러미 보고 있자니 말로 형언할 수 없는 이상한 감정이 몰려온다. 내가 경험한 적 없던 시대의 문구를 마주한다는 건 이처럼 자주 묘한 기분이 드는 일이다. 이토록 오래된 문구를 지금까지 가지고 있던 사람도 이상하고, 쓰지 않을 문구를 구입하는 나도 이상하다. 그저 혼자서 문구를 좋아하는 사람이 될 것인가, 우리 모두의 문구를 기록하고 전하는 사람이 될 것인가. 두 가지 선택지 중에서 후자를 택하는 나도 이상하고, 경험해 본 적 없던 시대의 문구에서 어딘가 익숙함을 느끼는 나의 감각도 이상하다. 아무튼 오래된 문구를 바라보는 일은 여러모로 이상해지는 일이다.

올해의 컬러, 지금의 라이프스타일에 맞춰 취향을 저격하려고 작정이라도 한 듯 쏟아지는 신상 문구는 시선을 사로잡지만 오래된 문구는 마음을 사로잡는다. 단순히 오래된 사물이라서 마음을 사로잡는 것은 아니고 오래된 문구에는 그만큼 긴 시대와 사람의 이야기가 얽혀 있기에 마음으로 와닿는다. 태어난 지 며칠 되지 않아 아장아장 걸음마를 뗀 신상 문구는 새로운 기능과 미모로 사람들의 스포트라이트를 받지만 오래된 문구는 짧은 감탄 대신 긴 여운을 남긴다.
어르신들을 맞이하며 내가 처음으로 듣게 된 건 '우리 선생님 지우개'에 대한 이야기다. 영진 화학에서 생산된 우리 선생님 지우개는 다섯 개의 지우개가 하나의 시리즈라고 한다. 각각 수학 선생님, 체육 선생님, 음악 선생님, 국어 선생님, 영어 선생님 캐릭터가 그려져 있다. 이 지우개는 크기가 적절하고 손맛도 좋아서 지우개 따먹기 게임에서 자주 쓰였다고 한다. 게임의 승자는 이 지우개를 무더기로 가지고 있었다고. 각각 다른 캐릭터가 그려져 있어 모으는 즐거움도 컸을 듯하다. 무인 문방구에서 랜덤 지우개를 구입하는 요즘 소비자의 마음도 비슷하지 않을까.

어린 시절 방앗간처럼 드나들던 학교 앞 문구점에서 오래된 재고로 만난 지우개도 있다. 바로 '떠버기' 녀석이다. 나와 동시대의 문구는 아니지만 문구점 벽장 맨 아래 칸에 남아 있었던 덕분에 우리는 반갑게도 구면이다. 과거의 문구를 요즘 문구들과 함께 책상 위에 올려 두면 의외로 조화롭게 어우러진다. 오래된 문구를 반가워하다 보면 가끔 내가 어떤 세대인지 들키는 기분이 들기도 하지만 그 마음을 감출 수는 없다.

세상에 이런 일이

문구점에서 주간 일정표를 정리하던 어느 날, 〈순간포착 세상에 이런일이〉 제작진에게서 전화를 받았다.

—안녕하세요! SBS 순간포착 세상에 이런일이 제작진입니다. 프렐류드 스튜디오의 정다은 작가님 맞으신가요?

대화를 해 보니 인스타그램에 업로드하는 지우개 사진을 보고 연락을 주신 것이었다. 2019년부터 하나둘씩 수집한 지우개는 4년 만에 348개로 무섭게 늘어나 있었다. 놀라움도 잠시 방송 출연 의사가 전혀 없음을 말했지만 제작진의 뛰어난 언변에 나도 모르게 계속해서 지우개에 관한 이야기를 이어 나갔다. 〈복면가왕〉에 출연했던 코드 쿤스트가 개인기를 할 마음이 전혀 없었는데도 작가의 능란한 말솜씨에 정신을 차려 보니 원통에 몸을 구겨 넣고 있었다던 일화가 떠올랐다.

—찾아보니 해외에는 지우개를 수집하는 분들이 꽤 있던데, 국내에서는 이렇게 많은 지우개를 모으고 계신 분은 처음 보는 것 같아요. 이렇게 지우개를 많이 모으고 계신 분이 국내에 또 계신가요?

—지우개를 모으고 계신 분들에 대한 정보는 저도 잘 모르겠어요. 지우개를 수집한 지 이제 4년밖에 안 되었으니 또 계실지도 모르죠?

—아, 그럼 지우개는 어떤 계기로 모으게 되신 거예요?
—여행 가면 기념품을 사 오잖아요. 마그넷이나 키링을 모으기도 하고 어떤 연예인은 여행지에서 꼭 향수를 구입한다고도 하는데, 저에게는 지우개가 바로 그 기념품이에요. 각 나라의 문구점을 구석구석 찾아다니는데 문구류 중에서 비교적 저렴한 게 지우개이기도 하고, 생각해 보면 지우개만큼 다양한 모양새와 특성을 가진 문구도 없더라고요. 그렇게 하나둘씩 모으기 시작했어요.
—재미있네요! 보통 마그넷을 기념품으로 많이 구입하는데, 지우개도 또 하나의 기념이 될 수 있겠어요.

잠시 여행지에서의 추억을 떠올려 보았다. 지우개는 문구점을 가야만 만날 수 있다고 흔히들 생각하지만, 뉴욕을 여행할 때는 타임스퀘어 곳곳에 있는 기념품 숍에서도 뉴욕의 랜드마크가 그려진 지우개를 쉽게 만날 수 있었다. 입구에 있는 마그넷과 티셔츠를 구입하는 인파 사이로 지우개가 있는 코너로 향했다. 그곳에서 새하얀 지우개에 검은색과 빨간색으로 I ♥ NY 인쇄가 들어간 사랑스러운 지우개를 만났다. 성조기가 인쇄

된 지우개도 있었는데 내게는 이들이 완벽한 기념품이었다. 그뿐인가. MoMA에 전시된 근사한 작품을 관람하고 아트 숍에서 예술적인 지우개도 만날 수 있었다.

지우개를 보면 지난 여행에서의 시간이 생생히 떠오른다. 홍콩의 소호 거리에서 만난 지우개에는 한자와 함께 음식이 그려져 있었다. 육즙이 가득한 딤섬을 먹고 나서 발견한 지우개라 그런지 딤섬의 여운이 그 지우개에 짙게 남았다. 이렇듯 여행지에서 만난 지우개에는 여행의 기억이 고스란히 담겨서 세상에 하나뿐인 지우개가 되고 만다. 이제는 주변 지인들도 여행에서 돌아오면 내게 꼭 지우개를 건네준다.
"지우개를 보니 네 생각이 났어." 언제 들어도 재미있고 고마운 말이다. '지우개를 보고 내 생각이 났다니, 풉!' 요상한 취미를 가진 사람을 알아주는 요상한 마음 씀씀이가 내게는 사랑한다는 말로 들렸다. 캐나다 가족 여행에서 후배가 사다 준 기차 모양 지우개는 살면서 한 번도 가 보지 못한 단풍국의 풍경을, 그곳의 가을 향기를 상상하게끔 만들었다. 그렇게 지우개를 한참 들여다보다가 냄새를 킁킁 맡아 본다. 후배가 여행한 나라, 그 도시를 꼭 가 보고 싶다는 생각을 하며.

제작진이 다음 질문을 꺼냈다.

—그렇다면 수집하신 지우개 중에 특별한 것도 있을까요? 일반적으로 보기 힘든 지우개라든지……

—빈티지 지우개라면 60년대에 생산된 모래 지우개가 있어요. 이미 아시겠지만 종이의 표면을 긁어서 지우는 방식의 지우개인데, 볼펜의 잉크를 지우는 데도 쓰입니다. 그 외에는 천연고무로 만든 지우개가 있고요. 시중에 판매되는 대부분이 플라스틱 지우개예요. 과거에는 고무를 가공한 지우개를 많이 썼다면 현재는 플라스틱에 가소제를 넣어 다양한 형태의 플라스틱 지우개를 생산하고 있거든요.

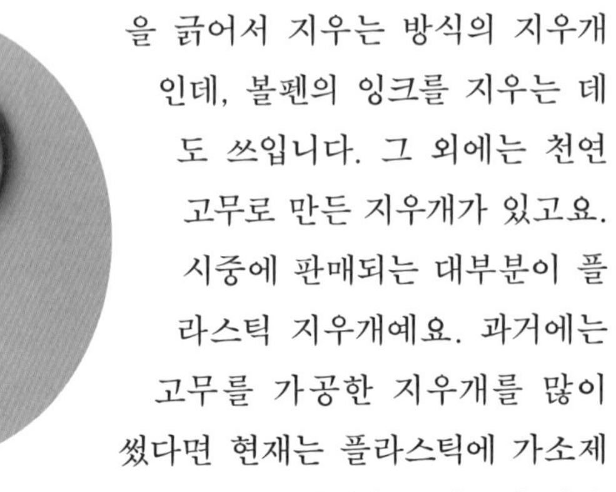

—그렇군요! 또 어떤 지우개가 있나요?

—음…… 지우개는 모서리가 많을수록 잘 지워져요. 그래서 학창 시절에 지우개가 둥그렇게 닳으면 칼로 네모나게 잘라서 사용하기도 했는데, 일본의 문구 브랜드 고쿠요에서 모서리가 무려 28개인 지우개를 만들었어요. 바로 '카도케시 지우개'인데요. 보통 직육면체 형태의 지우개는

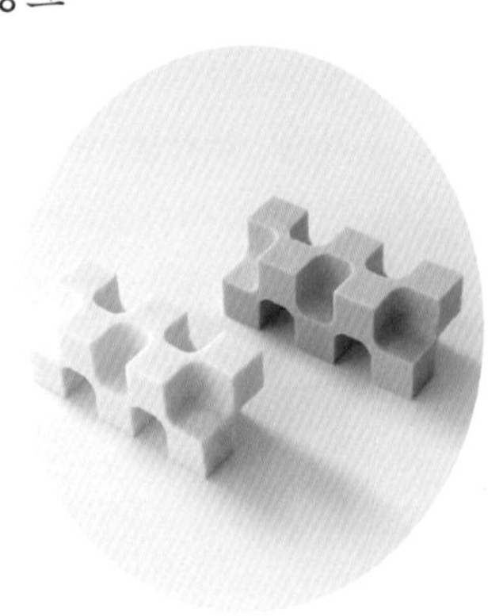

모서리가 12개인데 카도케시 지우개에는 28개의 모서리가 있는 거예요! 그 외에도 색연필 형태로 나오는 지우개도 있고, 찰흙처럼 모양을 만들어서 쓰는 지우개도 있고요. 또……

앗! 정신을 차려 보니 16분이 지나 있었다. 세상에. 낯선 사람과 지우개를 주제로 16분이나 통화를 하다니. 이러다가는 방송 출연도 한번 고려해 보겠다고 대답할 기세였다.

—아이고. 이야기를 너무 잘 들어 주셔서 저도 모르게 즐겁게 이야기를 했네요.
—아녜요, 저도 너무 즐거웠는데요.
—하지만 앞서 말씀드린 대로 방송 출연을 하고 싶은 마음은 정말 없어서요. 오랜 시간 제 지우개 이야기를 들어 주셨는데, 너무 죄송해서 어쩌죠.
—괜찮아요, 작가님. 저희 20년 된 프로그램이라 급할 것 없습니다. 제가 다음에 또 연락드릴게요!

통화를 마치고 나니 마치 한국에서 지우개로 괴짜가 된 듯한 기분이 들었다. 다른 누구도 아닌 나의 일로, 그것도 하고 많은 문구 중 지우개로 말이다. 어떤 감정은 마주한 당시엔 모르다가 지나고 나서야 체감하게 되는 듯하다. 좋아하는 일을 하다 보니 뜻밖에 재미있는 일들이 일상에 찾아오기도 한다.

FOR BIG MISTAKES
MoMA
THE MET
nice

내 머릿속에 지우개

산다는 것은 늘 무언가를 지우는 일인지도 모르겠다. 시간 속에서 기억은 희미해지고 같은 시간을 보낸 사람들이 서로 다른 기억을 간직하며 살아가기도 하는 것이 바로 인생이다. 세월 속에 모든 기억은 결국 잊혀 갈 것이다.

내 인생에도 기록되었지만 지워진 기억이 있다. 어떤 이유로 지워졌는지 지금까지도 알 길이 없다. 다만 내가 태어난 이후 열 살까지의 기억이 거의 없다는 사실만 알고 있을 뿐이다. 그 10년의 세월에 대해서는 가족들에게 이야기로만 전해 들었다. 내가 살아온 역사를 나만 모른다는 게 믿기지가 않는다.

이야기는 지금으로부터 32년 전으로 거슬러 올라간다. 1991년 겨울, 대전 부사동에서 한 여자아이가 태어났다. 배 속에 아이를 가진 여자는 이웃에게 괴롭힘을 당했는데 그 영향 때문인지 아이는 또래 아이들보다 말을 늦게 떼었고, 말을 할 수 있는 나이가 되어서도 말보다 그림으로 소통을 하려고 했단다. 태어나면서부터 표정이 다양하지 않았던 아이는 마치 다른 곳에 있는 것처럼 혼자만의 세계에 빠져 있는 듯 보였다. 이것이 나에 대한 가족들의 기억이다. 초등학교 1, 2학년 때 담임 선생님 두 분은 생활 기록부를 비슷하게 써 주셨다. "불러도 대답이 없고, 창밖의 구름만 바라봅니다. 특별히 그림을 잘 그립니다."

불안한 마음에 어린 나를 데리고 병원에 갔을 때 엄마는 의사로부터 자폐증에 관한 이야기를 들었다고 한다. 엄마는 두 번 다시 그 병원을 찾아가지 않았다. 그렇기 때문에 당시 내 안에서 어떤 일들이 벌어지고 있었는지는 명확히 알 수 없다. 어쩌면 의사의 말대로 자폐 스펙트럼 범주 안에 들어가 있었던 시절인지도 모르겠다. 기억 속에 남아 있는 몇몇 장면은 마치 지우개로 아무리 지워도 거무튀튀하게 남는 자국처럼 희미할 뿐이다. 머릿속에 남은 자국을 보며 또 다른 기억을 유추해 보는 것이 나에게는 추억을 회상하는 방식이다. 내가 간직하고 있는 그 10년의 기억은 창문 너머로 구름이 빠르게 지나가는 장면, 나무가 춤추던 모습, 흙이 숨 쉬는 풍경 정도다.

일상에서 불현듯 떠오른 기억들도 있다. 설거지를 하다가 만화 주제가 같은 노래를 나도 모르게 흥얼거렸는데 가사를 검색해 보니 내가 일곱 살에 봤을 법한 〈뾰로롱 꼬마마녀〉라는 애니메이션의 주제가였다. 만화에 대한 기억은 전혀 없고 그저 노랫말만 몸이 기억할 뿐이다. 졸업한 초등학교를 찾아갔다가 여덟 살 때 할아버지 선생님의 등에 업혀 수업을 듣던 내 모습이 문득 떠오르기도 했다. 당시 학급 일지 사진을 찾아보니 1학기 때 담임 선생님이 할아버지였다. 믿을 수 없는 기억도 있다. 오빠와 아파트 지하실에 내려갔다가 사람보다 큰 지네를 보았는데 형광 주황빛의 지네는 눈도 커다랗고 몸

통도 길었다. 내 키보다 훨씬 큰 지네를 본 것이 꿈인지 현실인지 분간할 수 없다.

2001년의 어느 날, 화장실에서 거울을 바라보다가 나의 크고 검은 눈동자가 점점 작아지면서 테두리가 푸르게 변해 가는 모습을 보았다. 마치 순식간에 어른이 되는 것 같다고 스스로 생각했는데 그날 이후 기억이라는 것이 내 머릿속에 저장되기 시작했다. 기록의 시작이었다. 그 후부터 참 바쁜 삶을 살아왔다. 열 살 이전의 학업 과정을 중학교 입학 전까지 모두 소화하기 위해 부지런히 공부해야 했다. 그런 나를 주변에서 도와주고 또 응원해 주었다.
그럼에도 상실한 10년의 기억은 그 이후의 삶을 맥락 없게 느껴지도록 만들었다. 모두들 가지고 있는 이야기가 나에게는 없다는 사실이 수시로 나를 외롭게 했다. 내가 보낸 시간에 대해 나만 모르고 있는데 그 시간을 내 것이라고 할 수 있는지도 의문이 들었다. 그렇게 가끔은 알 수 없는 슬픔이 찾아왔고 왜 마음이 아픈지도 모른 채 울고 웃으며 살아왔다. 22년의 시간이 흐르고 내가 알게 된 건 누군가에게는 기쁜 일이 나에게는 슬픈 일일 수도 있다는 것. 모든 사람이 동일한 사건에 동일한 감정을 느끼는 게 아니었다. 영문도 모른 채 통과해 온 지난 시간들이 오히려 내 마음을 알게 하는 데 힌트를 주었다. 그렇게 인생에서 처음 10년의 시간을 잃어버리고 삶에 대한 자세를 취하기까지 수년의 시간이 필요했다.
이미 지워진 기억에 집착하기보다 오늘에 몰입하면서 뜻밖에 얻은 것이 있다면 하루하루 새로운 기록을 쌓아 왔다는 것. 어제가 아닌 오늘의 나로 살아온 시간. 잊힌 기억에 대해서는 새로운 기록을 쓰기 위해 마땅히 지워졌다고 생각하는 편이 나았다. 때때로 기억의 잔여물을 만나게 되면 그 또한 충분히 감동적이었다. 잃어버린 것을 되찾기 위해 애쓰는 마음보다 살아가다 우연히 마주하는 만남이 훨씬 더 운명적으로 다가오니까.

어느 날 잃어버린 기억의 일부를 마주하게 될 때, 내 안의 어린아이는 어떤 표정을 짓고 있을까? 잃어버린 10년의 역사가 내게 슬픔이 되었던 적은 많아도 기쁨이 되었던 적은 없다는 생각에 먹먹해진다. 그 시간은 이제 더 이상 슬픔도 기쁨도 될 수 없다. 인과관계를 따질 만한 어떤 기억도 없으니 감정도 두지 않는 게 맞겠다는 생각이 들었기 때문이다. 10년이라는 시간이 지워졌지만 다행히 새로 기록할 수 있는 시간이 훨씬 더 많이 주어졌다는 데에 진심으로 감사하다. 그리고 종종 떠오르지 않는 추억들을 상상해 보며 오늘의 나로 살아가는 지금의 시간을, 내가 마주한 기쁨과 슬픔을, 그럼에도 내 삶을 애정하는 방법에 대해 집중한다.

문방구 업무 일지

지우개는 구입 후에 사용해 주세요

문구점을 운영하다 보면 별의별 일을 다 겪는다. 언젠가 '문구점 손님의 심리'에 대한 이야기를 꼭 다루고 싶다. 문구점의 판매용 지우개를 아무렇지도 않게 사용하는 사람들이 있다. 흑심을 문지른 상태의 지우개는 하루 평균 두세 개씩 발견된다. 다만 진열되어 있던 자리에 감쪽같이 놓여 있어서 시간이 흐른 뒤에야 알아차린다. 당연하게도 한번 사용한 지우개는 그 누구도 사고 싶어 하지 않는 물건이 된다. 손상된 지우개는 스태프의 손을 거쳐 나에게로 전달된다. "그렇네요. 그 지우개는 저 주세요. 제가 쓸게요!" 태연하게 답해 보지만 이미 작업실 한편에 탄식의 지우개가 수북이 쌓여 작은 탑을 이룬 상태다.

도대체 판매용 지우개를 왜 쓰는 걸까? 알 수 없는 일이다. 아마도 여러 이유가 있겠지. 판매용 지우개를 종이도 아닌 집기 위에 사정없이 문지르는 손님도 간혹 보게 되는데 그럴 때면 아, 저분은 지금 그저 아무 생각도 없는 상태일지 모르겠다는 생각이 든다.

아무래도 안내 문구를 써 두어야겠다. 평소 부정어보다는 긍정어를 사용하려고 같은 말도 여러 번 다시 생각한다. 나의 고유하고도 까다로운 성격이 밖으로 드러나는 것을 기피하고 있다. 강박은 또 다른 강박을 불러올 것이라는 나의 불안 때문이다. 메모장에 안내 문구를 써 본다. '지우개는 눈으로만 봐 주세요.' 이 정도로 될까? 그날따라 유난히 많이 들어온 지우개를 보니 감정이 올라왔다. '이것은 판매용 지우개입니다. 사용하지 마세요.' 메모장에 글씨를 휘갈겨 썼다.

이튿날 마음이 좀 가라앉고 나서야 좋은 문장이 떠올랐다. '지우개는 구입 후에 사용해 주세요.' 왠지 이 당연한 사실을 깜빡하고 자기도 모르게 행동하는 분들이 많아서 생기는 문제 같다는 생각이 들었다. 근사할 것까지는 없어도 적절한 문장을 찾기까지 두 번 세 번 더 생각해 보아야 마음이 놓인다. 지우개는 구입 후에 사용해 주세요,라는 문장을 몇 번이나 다시 읽어 보고 매대 앞에 붙여 두었다. 손상된 지우개가 눈에 띄게 줄었다. 아, 시원하다. 또다시 손상된 지우개가 발견되면, 그때는 더 알맞은 문장을 고민해 봐야지.

지우개 어떻게 보관하세요?

지우개를 수집하면서 문방구 사장님들에게 "지우개를 어떻게 보관하는 게 좋은 거예요?"라는 질문을 종종 받는다. 지우개를 오래 보관하다 보면 딱딱하게 굳어 부식되기도 하고, 색이 바래거나 표면이 끈적거리기도 한다. 오래 보관했다고 해서 모든 지우개에 동일한 현상이 나타나는 것도 아니라서 더욱 의아하다. 나 역시 직접 경험하며 보관 방법에 대해서 하나씩 깨우치게 되었다.

요즘 생산되는 지우개는 대부분 플라스틱을 가공해서 만들어진다. 최근에는 환경 호르몬 이슈로 인해 PVC 소재로 지우개를 생산하거나 고무를 가공해서 제작하기도 하지만 PVC 지우개는 지우는 기능이 조금 떨어지고 고무 지우개는 냄새가 난다는 단점이 있다. 플라스틱 지우개가 시중에 가장 많은 이유다. 플라스틱 지우개를 부드럽게 만들기 위해 프탈레이트계 가소제를 사용하는데, 이 화학 물질이 플라스틱 소재의 다른 물체와 만나면 뜻하지 않은 반응을 일으킨다. 예컨대 지우개와 플라스틱 자를 함께 보관하면 지우개에 있던 가소제 성분이 새어 나오면서 플라스틱 자를 유연하게 만든다. 두 개의 사물이 끈적거리는 물질을 내뿜으며 달라붙게 되는 것이다.

자, 그러면 지우개를 어떻게 보관해야 할까? 세 가지 방법이 있다. 첫째, 직사광선을 피해 서늘한 곳에 보관한다. 플라스틱 지우개는 기본적으로 온도가 높아지면 가소제가 쉽게 기화한다. 기화로 인해 취약해진 플라스틱 구조는 갈라지고 부서질 가능성이 높아진다. 지우개의 색이 누렇게 바래지는 원인도 직사광선에 있다. 지우개의 색소가 직사광선과 만나면 분자에 변형이 생긴다. 변형된 분자는 빛의 일부만 내보내고 나머지를 흡수하게 되는데, 이 과정에서 색이 누렇게 변한다. 직사광선만 피해도 지우개의 색깔과 형태를 온전히 보존할 수 있다. 둘째, 플라스틱 접촉을 피해야 한다. 앞서 이야기한 대로 플라스틱 지우개에는 플라스틱 물체를 유연하게 만들어 주는 가소제가 포함되어 있기 때문에 플라스틱 사물을 피하는 것이 좋다. 마지막으로, 지우개를 OPP 봉투에 밀봉해 두면 시간이 지나도 좋은 상태를 유지할 수 있다. 아름다운 지우개를 오래도록 온전하게 보관하고 싶다면 이 세 가지만 기억하면 된다.

잘 지워지나요?

문구점을 둘러보던 손님이 코이노어의 동물 모양 지우개를 가리키며 내게 묻는다. "잘 지워지나요?" 문구점에서 손님을 맞이하다 보면 여러 질문을 받게 되는데 그중 지우개와 관련되어서는 '잘 지워지는지'에 대한 물음이 가장 많다. 이렇게 기능에 충실한 지우개를 찾는 손님들에게는 잘 지워지는 지우개에 대한 정보를 최대한 공유해 드린다.

—저희 문구점에서는 천연 고무로 만든 지우개와 플라스틱을 가공해서 만든 지우개를 함께 소개하고 있어요. 이 둘의 장단점이 서로 다른데, 고무 지우개로 지우면 종이 위에 흑심이 약간 남는 편이지만 플라

스틱 지우개는 비교적 깔끔하게 지워져요. 물론 플라스틱 지우개에서는 화학 성분이 나오기 때문에 건강을 생각하신다면 고무 지우개가 좋습니다. 잘 지워지는 지우개라면 플라스틱 지우개이고 건강을 고려하신다면 고무 지우개인데, 어떤 것을 더 중요하게 생각하시나요?

—음. 건강도 생각하고 싶긴 한데…… 고무 지우개는 잘 안 지워질까요?

—종이 위에 남는 흑심의 잔량 차이인데 고무 지우개라고 아주 못 지우는 건 아니에요.

손님은 잠시 생각하더니 말했다.

—그럼 고무 지우개 중에서는 어떤 것이 가장 잘 지워지나요?

—한눈에 파악하기 좋은 방법은 모서리를 살펴보는 거예요. 동그란 형태의 지우개는 미관상 아름답지만 마찰면이 미끄러지듯 지워져서 종이 위에 뜻하지 않은 자국을 남기기도 해서요. 모서리 부분이 뾰족할수록 잘 지워지니 아무래도 삼각 지우개 혹은 직사각형 형태의 지우개를 추천드리고 싶어요.

손님은 선택의 폭이 좁아졌다가 다시 넓어진 것에 만족스럽다는 듯 환한 얼굴로 답했다.

—꿀팁 감사해요! 아무래도 이게 좋겠어요.

문구점을 찾아오는 손님들과 함께 대화를 나누며 내가 알고 있는 만큼의 정보를 공유해 드린다. 이럴 때는 문구 선생님이라도 된 듯한 기분이 들어서 더 나은 선생님이 되고자 때 아닌 노력을 하게 된다. 원래 가르치는 사람이 더 많이 배운다고 했던가? 실제로 손님과 이야기를 나누며 덩달아 궁금해지는 부분도 생기고, 현장에서 함께 검색을 해 보며 새로운 지식을 알게 되기도 한다.

이처럼 좋아하는 분야에 대한 지식을 넓히고 더 깊게 파고드는 일은 혼자서는 시도조차 어렵다. 믿어 주는 사람이 있을 때 더 책임감 있게 알아보게 되고, 그러다 보면 조금씩 조금씩 넓어지고 깊어진다. 혼자서 좋아하던 일이 함께하면 더 기쁜 일이 되어 갈 때의 그 가득 찬 행복이란. 문구도 사람도 인생도 함께일 때 비로소 새로운 영역에 들어설 수 있는 것 같다. 모든 만남이, 모든 질문이 고맙다.

BALL POINT
Weldon Roberts Eraser
No. 38 MADE IN U.S.A.
PEN-PENCIL
Giant pandas spend up to ten hours each day eating
MILAN
U.S.A.
hearts
TAIWAN
FACTIS
Spain
IM 40
MonAmi
ERASER

정수연 @mungugirl

온라인 문방구를 운영하다 지금은 브랜드 마케터로 직장인의 삶을 살고 있습니다. 인스타그램에서 '문구소녀'로 소통하며 뉴스레터 〈문구구절절〉을 발행합니다. 엄마, 아내, 냥집사이자 콘텐츠 크리에이터로 문구에 대한 이야기를 합니다. 독립출판물 『일본 도쿄 문방구 여행』을 썼습니다. 같은 스티커를 여러 장 살 때 비로소 어른이 되었다고 느낍니다.

{ 스티커 }

"모든 스티커에는 붙이고 싶은 이유가 있다."

모든 스티커에는 붙이고 싶은 이유가 있다

"스티커요?"
스티커를 주제로 글을 쓴다고 하니 다들 이렇게 되물었다. 스티커가 책으로 쓰일 만큼 이야깃거리가 있는지, 그 정도로 의미가 있는 물건인지 궁금하다는 표정을 한 채였다.
"네, 스티커요!"
그러면 나는 다시 한번 더욱 명확한 발음으로 스티커를 강조한다. 있어도 그만 없어도 그만, 무용한 것처럼 느껴지는 작은 스티커도 이야깃거리가 될 수 있다고 확신하기 때문이다.

생활 반경 곳곳에 붙여 놓은 스티커에도, 서랍이나 파일에 고이 모셔 둔 스티커에도 크고 작은 기억들이 존재한다. 정확한 시기는 잘 생각나지 않더라도 어디서 샀는지 왜 샀는지는 또렷하게 기억하고 있는데, 마치 그런 장면들이 스티커 한 장 한 장에 저장되어 있는 것처럼 스티커로 눈을 돌릴 때마다 자연스럽게 떠오른다. 여행지에서 가져온 스티커는 여행의 기억이 소중한 만큼 아무 곳에나 붙이기 아까워 결국 어디에도 붙이지 못한다. 특별히 좋아하는 브랜드의 로고나 캐릭터로 만든 스티커는 아무리 흔하다고 해도 나에게는 하나밖에 없는 스티커처럼 느껴져서 고심해서 붙일 곳을 고른다. 포장지에 붙어 있는 스티커는 옛 유물을 발굴하는 고고학자가 된 것처럼 찢어지지 않게 아주 조심스럽게 떼어 낸 다음 노트에 옮겨 붙인다. 심지어 돈을 주고도 구하지 못하는 증정 스티커가 가지고 싶어서 상품을 사거나 스티커의 가격보다 더 큰 돈을 들이기도 한다.

가장 아끼는 스티커는 대학교를 다닐 때 받은 것이다. 학부 10주년 행사를 기념해 제작한 홍보 굿즈로, 가격이 저렴한 아트지에 행사 로고가 프린트되어 있다. 이런 홍보용 스티커는 이곳저곳에 붙이고 여러 사람에게 나눠 주는 데 목적이 있어서 되도록 넉넉한 수량으로 준비한다. 그래서일까. 행사가 끝나도 스티커는 아주 많이 남게 된다. 행사의 종료와 함께 스티커의 존재 이유도 사라지기 때문에 행사가 마무리되면 이런 스티커는 가차 없이 버려지기 마련이다.
하지만 나는 그 시절에도 스티커가 버려지는 게 아까웠다. 정확히 말하자면 아깝기도 하고 안타깝기도 했다. 쓰임을 다한 스티커를 미련 없이 버리려는 동기들 사이를 비집고 들어가 한 움큼 챙겨 주머니에 넣었다. 그리고 10여 년이 지난 지금까지도 잃어버릴세라 스티커를 보관하는 파일에 간직하고 있다. 이 스티커를 볼 때마다 사진으로도 남기지 못한 그때의 추억이 떠오른다. 더욱이 이 스티커는 이제는 구하고 싶어도 구할 수 없으니 시간이 지날수록 더욱 아끼게 된다.

내가 스티커에 이렇게 연연하는 이유는 무엇일까? 문구 애호가로서 스티커는 당연히 좋아할 수밖에 없는 문구다. 특히 일상 곳곳에서 얻을 수 있다는 점과 하나하나의 생김새와 재질이 다르다는 것이 큰 매력이다. 그런 점에서 각각의 이야기를 품고 있기 마련인데, 이것이 나를 안달 나게 만드는 것 같다.
게다가 스티커는 작고 무용하다는 보통의 인식과 달리 기억의 매개체로, 취향의 매개체로 역할을 다한다. 카페나 식당의 계산대 앞에서 브랜드 로고나 캐릭터를 인쇄한 스티커를 종종 발견한다. 나는 그런 곳에 가면 스티커를 종류별로 다 챙겨 오는 편이다. 기억의 매개체로 영수증을 노트에 붙이곤 하는데 스티커를 가져온 날에는 영수증 대신 스티커가 그 역할을 한다. 중요한 순간은 사진이나 영상으로 남겨 두지만 그 밖에 꼬박꼬박 마주하는 일상에서 뭘 먹고, 뭘 사고, 뭘 입는지 세세하게 기록해 두지는 않는다. (물론 카드 사용 내역으로 내 발자취가 모두 기록되고 있기는 하지만.) 그럴 때 아주 가볍게 일상을 기억하는 기록 도구로 쓸 수 있는 게 스티커다.

이미 구입한 스티커가 넘쳐 나는데도 붙이지 못하는 이유는 특별히 아끼는 마음 때문이기도 하지만 매일매일 주변에서 재미있는 스티커를 발견할 수 있기 때문이기도 하다. 아보카도나 레몬에는 원산지를 표시한 아주 작은 스티커가 부착되어 있다. 샌드위치 봉지에도 귀여운 스티커가 붙어 있고, 몇몇 카페에서는 테이크 아웃 컵에 닉네임을 프린트한 스티커를 붙여 주기도 한다. 책 뒷면에 제목과 가격이 표기된 스티커가 붙어 있기도 하고, 택배 상자에는 취급주의 스티커가 요란하게 자리 잡고 있다. 나에게는 온 세상이 스티커투성이다.
곳곳에서 떼어 낸 스티커는 나중에 사용하기 쉽도록 코팅된 용지에 잘 붙여 보관해 두었다가 기록할 때 꺼내 쓴다. 그럴 때마다 스스로에게 '이렇게까지 한다고?' 물어보지만 스티커만 보면 내 손은 멈출 줄 모른다. 피가 되고 살이 되지는 않겠지만 시각적 충족감과 심리적 만족감은 새 스티커를 쇼핑하는 기분과 견줄 만하다. 무언가를 분류하고 표기하기 위해 탄생한 스티커지만 좁은 면적 위에 쓰인 서체나 그래픽 디자인을 보는 재미가 있고, 내가 몇 시에 어느 매장에서 어떤 커피를 마셨는지 알 수도 있다. 취급주의 표기에 다양한 방식이 있다는 것도 스티커를 살펴보며 발견했다. 이렇듯 스티커에는 하루를 기억하고 세상을 이해할 단서가 가득하다.
일상에서 발견한 스티커를 노트에 모으며 매일의 기억을 수집한다면, 노트북 위에 스티커를 붙이며 내 취향을 알아 간다. 일을 하며 만난 사람들 중에는 노트북을 스티커로 꾸민 사람들이 많았다. 회사 동료에게 노트북 위에 붙인 스티커의 의미를 물은 적이 있다. 그는 특별한 의미 없이 붙인 거라고 답했지만, 그럼 아무 스티커나 붙인 것이냐는 질문에 그건 또 아니라며 생각에 잠겼다. 자신의 소지품에 아무 스티커나 붙이는 사람은 드물 것이다. 동경하는 브랜드의 로고라서, 기억하고 싶은 글귀가 적힌 스티커라서, 색이 예뻐서, 지루한 소지품에 포인트를 주기 위해서. 모든 스티커에는 붙이고 싶은 이유가 있다.
특히 노트북은 일을 할 때 가장 많이 쓰는 도구로, 그런 노트북 위에 스티커를 붙일 때는 반대편에 앉아 나의 노트북을 보게 될 상대방의 시선을 의식할 수밖에 없다. 우리는 스티커를 붙이는 것으로 취향을 드러낸다. 평소 문구에 전혀 관심이 없는 사람들도 노트북에 붙일 스티커는 고심해서 고르고 요리조리 위치를 잡아가며 신중하게 붙인다. 이때 스티커는 나의 취향을 은유적으로 보여 줄 수 있는 매개체니까. 스티커를 가지고 싶은 데에도 다 이유가 있다. 이 작은 스티커로 기억을 저장하고 취향도 세련되게 보여 줄 수 있으니 탐이 날 수밖에.

스티커를 좋아하는 아이는 자라서 여전히 스티커를 좋아하는 어른이 되었다. 오히려 어른이 되어서 스티커를 아끼는 마음이 더 커졌고, 주변 곳곳에 존재하는 스티커를 발견하는 능력이 향상된 동시에 발견한 스티커를 발굴하고 수집하기에 이르렀다. 수집한 스티커는 차곡차곡 모여 세 권의 파일이 되었다.

살다 보면 나보다 뛰어나 보이는 사람과 나를 비교하며 위축될 때가 있다. 그런 날에는 나는 정말 특별할 것 없는 사람이구나 하는 무거운 우울감이 몰려온다. 그럴 때마다 수집한 스티커를 생각해 본다. 눈에 띄지 않는 이 작은 스티커의 매력을 발견한 것처럼 나는 일상의 작은 것들을 지나치지 않고 발견할 수 있는 사람이다. 발견한 것을 성실하게 모으고 단정하게 보관하는 사람이다. 스티커 덕분에 보이지 않던 나의 좋은 면을 깨닫기도 한다.

책 『헛소리의 품격』을 읽다가 무척 공감되는 구절을 발견했다. "쓸모없고도 아름다운 것들이 없다면 잠시나마 위로를 얻거나 여행지의 추억을 선명히 떠올리기 힘들 것이다."
스티커를 주제로 글을 쓴다는 말에 눈이 커지며 정말 내가 아는 그 스티커를 말한 게 맞는지 반문하던 사람들도 카페나 식당에서 스티커를 한 번쯤은 챙긴 경험이 있을 테고, 노트북에 스티커를 붙일 때면 진지하게 고민할 것이다. 작고 무용한 스티커에 크고 유용한 의미가 담겨 있음을 아직 자각하지 못했을 뿐.

BUDGET KEEPER
TIME MATRIX
NO BETTERWORKS
SMALL WORK BIG MONEY
POWER IS HERE

mt ex
BLUE BOTTLE YOKAN
왕수박
ゆうパック
われもの
Rose
BY AIR MAIL
PAR AVION
프렐류드의 지현님이
애정을 듬뿍 담아
포장했습니다!
GrandValle
PREMIUM MANGO
逆さま
厳禁
郵便局

센스의 척도

영화 〈거북이는 의외로 빨리 헤엄친다〉에서 지극히 평범한 주인공 스즈메는 친구 쿠자쿠의 가방에 붙은 스티커를 보고 그를 동경한다. 자기와는 다르게 스티커까지 센스 있게 붙인 모습을 보며 이렇게 말하는 것이다. "스티커를 붙이는 센스가 인생의 센스이기도 한 거다." 그저 무질서하게 덕지덕지 붙이던 어린 시절을 지나 점점 자라면서 무언가를 꾸미기 위해 스티커를 활용할 때면 스티커를 붙이는 일에도 센스가 필요하다는 것을 자연스럽게 알게 된다. '쟤도 그냥 막 붙인 것 같은데 왜 내 건 듬성듬성해 보이고 어딘가 모르게 조화롭지 않을까?' 하는 생각은 누구나 한 번쯤 해 봤을 것이다. 그런 센스는 하늘에서 떨어지는 것이 아니다. 스티커를 붙이는 방식을 탐구하고 스티커를 붙이는 과정을 파악하는 연습이 필요하다. 스티커를 붙이는 데 정답은 없지만 내가 좋아하는 방식은 있다. 스티커라는 재료를 가지고 제대로 요리하는 방법을 알고 있으면 어떤 스티커가 주어져도 당황하지 않게 된다. 이어 붙이기, 겹쳐 붙이기, 찢어 붙이기, 규칙적으로 배열하기, 비규칙적으로 배열하기 등 다양한 방법이 있는데 그중에서 내가 가장 애정하는 방법은 겹쳐 붙이고 찢어 붙이는 것이다.

문구에 관심을 가지기 시작한 지 얼마 되지 않았을 때는 스티커를 최대한 겹치지 않게 배열하고 스티커의 원래 모습을 그대로 살려 붙였다. 그렇게 붙이니 어딘가 부족하고 밋밋해 보여서 실망했던 적이 한두 번이 아니다. 그 후로 스티커를 과감히 겹쳐 붙이고 찢어 붙이고 오려 붙여 보았다. 어떤 때는 스티커를 메모지처럼 사용했고, 또 어떤 때는 스티커를 테이프처럼 사용하면서 스티커 붙이는 방식을 터득했다. 몇 번의 반복 끝에 내가 가장 마음에 드는 방식으로 스티커를 붙일 수 있었다.

스티커를 붙이는 방식도 중요하지만 붙이는 과정을 파악하는 것도 중요하다. 스티커를 붙이는 짧은 행위는 다음과 같은 과정을 거친다. 먼저 어디에 스티커를 붙일지 결정해야 한다. 그다음으로 가장 잘 어울리는 스티커를 골라야 한다. 이어서 골라 둔 스티커의 매력이 배가되는 위치를 가늠해야 한다. 마지막으로 최적의 위치를 선정해 다시 떼어 내는 불상사가 없도록 가장 좋아하는 방식으로 신중하고 조심스럽게 붙인다. 스티커를 붙이는 짧은 행위를 쪼개 보면 많은 경험과 노력이 필요하다는 걸 금방 깨닫게 된다.

게다가 적재적소에 어울리는 스티커를 붙이려면 내가 가지고 있는 스티커의 크기와 모양들을 대략적으로 알고 있는 기억력이 필요하고, 정기적으로 보관 중인 스티커를 꺼내 보는 애정이 있어야 하며, 필요할 때 바로 쓸 수 있도록 잘 정리해 놓는 성실함이 요구된다. 무슨 일이든 많이 해 봐야 그 능력이 향상되기에 스티커를 붙이는 센스를 기르기 위해서도 많이 붙이고 많이 떼어 봐야 한다. 스티커를 붙이는 일에도 이런 노력이 들어간다고 생각하니 갑자기 삶이 너무 아득하게 느껴지지만 그런 노력들이 켜켜이 쌓여 하루가 만들어진다고 생각하면 일상이 경이롭게 느껴지기도 한다.
그러니까 스즈메가 부러워한 쿠자쿠의 센스는 하루아침에 뿅 하고 생겼다거나 날 때부터 주어진 기질 같은 게 아니다. 쿠자쿠는 가방에 스티커를 여러 번 붙여 보며 좋아하는 색감이나 형태, 캐릭터 등 자신의 취향을 깨달았을 것이다. 자신의 취향이 반영된 스티커가 손에 들어올 때까지 진득하게 기다리다가 마침내 붙일 만한 스티커를 발견하면 여러 번 붙였다 떼어 내면서 기술을 연마했을 것이다. 생각보다 마음에 들지 않는 결과물과 마주하며 실패를 반복하면서도 멈추지 않고 계속 시도했을 것이다. 스티커를 센스 있게 붙이는 능력을 기른 경험까지도 모두 쿠자쿠만의 자산이다. 그러므로 쿠자쿠처럼 스티커를 잘 붙이는 사람이라면 자신의 일상도 잘 가꿀 것이 분명하다.

스티커 붙이는 센스를 떠올리다 인생을 사는 센스를 생각해 본다. 나는 '센스 있다'라는 칭찬이 가장 좋다. 무언가를 잘한다는 것뿐만 아니라 그 사람 자체가 세련되고 깔끔하게 살고 있다는 의미를 포함하는 것 같다. 인생의 센스를 키우는 비교적 쉬운 방법 중 하나는 센스가 좋은 사람을 따라 하는 것이다. 동경하는 사람의 행동이나 말투, 취향 등을 관찰하고 따라 하다 보면 어느새 그 사람과 닮아 있는 것을 깨닫는다. 지금의 나는 그렇게 만들어졌다.

처음 회사에 입사했을 때 동기도 없고 사수도 없었기에 '이메일 보내는 법' 같은 사소하지만 중요한 일들에 대한 조언을 들을 수 없었다. 그래서 업무를 하며 주고받은 메일에서 눈길이 가는 첫인사나 안부 글귀, 메시지를 강조하는 방법을 참고했다. 메일을 센스 있게 보내는 사람들의 방식을 관찰하고 기억해 두었다가 활용했다.

어느 날에는 상사에게 온 명절 선물을 대신 뜯으며 이런 게 왔다고 보여 주는데, 내가 다른 사람들에게 와인을 보여 주는 방식을 눈여겨본 상사가 센스 있다는 칭찬을 건넸다. 와인 숍에 갔을 때 점원이 와인 라벨을 소개하는 모양새를 관찰하고 '아, 와인은 저렇게 잡는 거구나' 기억해 두었다가 따라 한 것이 칭찬으로 돌아온 것이다. 선물의 품목에 집중했다면 라벨 부분을 잡아서 라벨이 보이지 않았을 수도 있고, 와인이 들어 있는 상자 그 자체를 건넸을 수도 있다. 와인 라벨에 눈이 가도록 보여 준 것은 선물의 가치를 제대로 이해하고 받는 사람을 배려했다는 뜻이다. 바로 그 점이 칭찬의 포인트이지 않을까. 와인 숍 점원의 자세를 보고도 따라 하지 않았다면 센스 있다는 인정은 받을 수 없었을 것이다. 센스란 많이 보고 따라 하고 변형하면서 스스로 고민하고 내 것으로 만들기 위해 애써야 마침내 생기는 능력인 것이다.

얼마 전 SNS에서 베이글을 반으로 잘라 달라고 부탁했는데 종으로 잘린 베이글을 받았다는 웃픈 사연을 보았다. 잼이나 크림치즈를 바를 목적으로 베이글을 횡으로 잘라 달라는 말에 알바생이 베이글을 종으로 잘라 준 것이다. 그 게시글에는 알바생이 '알잘딱깔센' 하지 못하다는 댓글이 달렸다. 카페 알바생은 아마도 베이글을 좋아하지 않았던 모양이다. 다른 곳에서 베이글을 주문해 보지 않아서, 혹은 베이글에 크림치즈 바르는 걸 선호하지 않아서 베이글을 반으로 잘라 달라는 의도를 제대로 파악하지 못한 것일 수도 있다.
하지만 한편으로는 알바생이 주변을 유심히 관찰했더라면 일어나지 않았을 일이기도 하다. 적어도 베이글을 자르기 전에 검색만 해 보았더라도 센스를 의심받지는 않았을 텐데.
무엇보다 소통이 중요한 시대다. 상대방에게서 나에게로, 나에게서 상대방으로 가는 양방향의 소통이다. 나의 입장만큼이나 상대방을 생각해야만 센스 있게 행동할 수 있다. 베이글에 대한 손님의 요청에서 그 의도를 정확히 파악하고 구현하는 일이 다름 아닌 센스일 것이다.

결국 센스는 관찰력과 관찰을 실행하는 성실함, 이를 통해 알게 된 '나'에 대한 깨달음을 토대로 얻을 수 있는 고도의 능력이다. 어쩌면 내가 나를 알아 가기 위해서는 다른 사람을 이해하는 노력 그 이상의 노력이 필요할지 모른다. '센스 있게' 나를 잘 알려면 이것저것 많은 경험을 해 보는 수밖에 없다. 그 과정에서 지치지 않으려면 좋아하는 것을 중심으로 다양한 방법으로 시도해 봐야 한다. 좋아하면 쉽게 지치지 않고 실패해도 타격이 크지 않기 때문이다. 오히려 실패함으로써 좋아하는 걸 다른 방법으로 시도하거나 다른 시선으로 바라볼 수 있는 기회가 주어지기도 한다. 좋아하면 실패조차 재미있는 경험이 되고, 기꺼이 계속해서 시도할 수 있는 원동력이 되기도 한다.
나는 문구를 좋아한다. 스티커를 센스 있게 붙이는 방법에 대해 쓰게 된 것도 내가 스티커를 잘 붙여서가 아니라 스티커를 많이 붙여 봤기 때문이다. 붙이지 않은 것만 못하게 스티커를 붙이던 날들을 거듭하며 스스로 납득할 수 있을 만큼 스티커를 잘 붙이기까지 정말 많이 떼었다 붙였다.

"스티커를 붙이는 센스가 인생의 센스다."
스티커를 붙이는 센스로 그 사람의 센스를 가늠해 본다. 스티커 붙이는 센스를 키우기 위해 오늘도 문구 애호가는 좋아하는 스티커를 중첩해서 붙여 보고, 잘라서 붙여 보고, 찢어서 붙여 보며 끊임없이 연습한다.

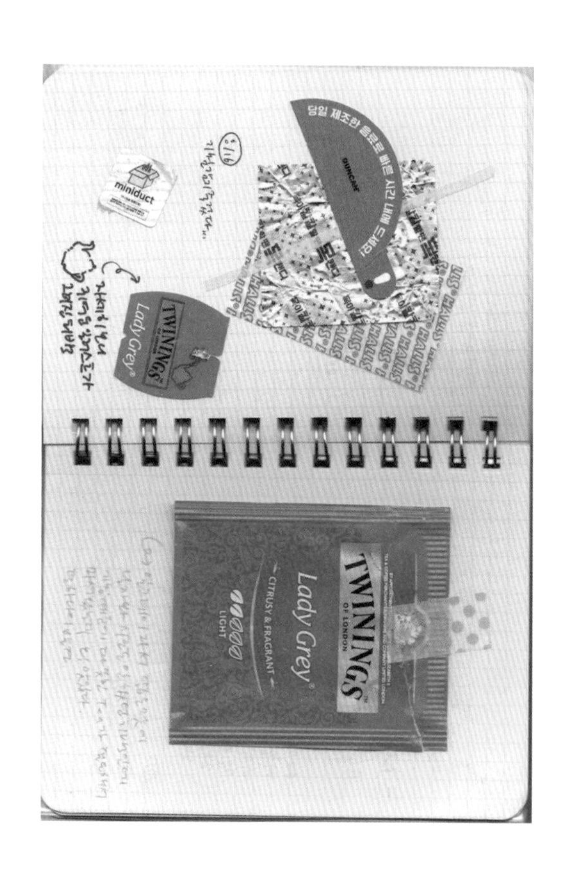

Stick-er, 버티는 사람에 대하여

어느 날 'Sticker'란 글자를 노려보고 있는데 사람이 보였다. Sticker에서 er을 떼어 내 생각하니 사람이 떠오른 것이다. 내 마음대로 '붙어 있는 사람'을 생각하다가 붙어서 버티는 것이 스티커의 생애가 아닐까, Stick-er란 '버티는 사람'이 아닐까 하는 생각에 도달했다. 사실 '버티다'라는 단어는 부정적인 뉘앙스가 강해서 되도록이면 내 삶에서 그 표현을 꺼내고 싶지 않았다. 버티고 버티다가 일부가 찢어져도 접착제 자국을 남기며 여전히 붙어 있는 스티커를 보면서 애잔함을 느꼈지만 나는 저런 모습이고 싶지 않다는 생각을 했다. 단어의 사전적 의미는 이렇다. '어려운 일이나 외부의 압력을 참고 견디다.' '어떤 대상이 주변 상황에 움쩍 않고 든든히 자리 잡다.' '주위 상황이 어려운 상태에서도 굽히지 않고 맞서 견디어 내다.'

내게는 그 어떤 의미도 긍정적으로 다가오지 않았다. 될 수 있다면 버티는 삶만은 피하고 싶었다. 줄곧 즐기기만 해도 아까운 인생을 의지와는 다르게 버텨야 하는 건 불행하다고 생각했다. 회사 가는 길이 즐겁지 않고 매일 퇴근까지 하루하루 버티는 게 되어 버리면 그때가 바로 이직을 해야 할 때라고 생각했고, 버티지 않을 수 있는 어떤 의미를 찾아 오랜 시간을 헤맸다. 이때까지만 해도 나에게 '버티다'의 의미는 마지못해 유예하고 자존심도 없이 견디는 모습이었다. 왜 하는지 모른 채 그저 버티는 모습이 제일 싫었다.

하지만 살면서 언젠가는 버텨야 하는 순간이 온다. 그 의미를 다시 생각하게 된 건 결혼을 하고 가족을 이루면서부터다. 가족이 생긴다는 것은 하기 싫은 일도 해야 한다는 것, 의무와 책임이 더 커진다는 뜻이기도 하다. 자연스럽게 한 회사에 오랫동안 근속하신 아빠가 떠올랐다. 나는 한 회사에서 겨우 3년을 버티는 것도 힘든데 한 회사를 30년 넘게 다니다 퇴직하신 아빠는 어떤 심정으로 매일을 버티셨을지 감히 상상을 할 수가 없었다.
붙임성 없는 딸은 낯간지러워 지금까지도(아마 앞으로도) 아빠의 직장 생활에 대해 묻지는 못했지만 아빠가 굴욕의 순간에도, 몸이 아플 때에도, 하고 싶은 것보다 해야 하는 일을 하면서 꾸준히 버틴 이유는 가족일 것이다. 가족을 이루고 나서야 비로소 아빠의 변함없는 출근길을 체감하며 그 무겁지만 가벼운 마음에 어느 정도 공감할 수 있게 되었다.

나를 버티게 하는 이유 역시 가족이다. 일과 육아를 병행하는 건 일상의 권태로움을 느끼는 게 사치스러울 만큼, 진득이 앉아 사색하는 게 소원일 만큼 바쁘다. 퇴근길 지하철을 타면 하루 종일 꼿꼿했던 허리가 이제는 더 이상 버틸 수 없다는 듯 힘없이 꺾인다. 몇 번을 갈아타고 겨우 도착한 지하철역에서 다시 한번 남은 힘을 끌어올린다. 물에 푹 젖은 솜이불을 묶은 것 같은 다리를 느릿느릿 움직여 드디어 집 앞에 도착한다. 이제는 정말 다 왔다고 스스로를 다독이며 무거운 문을 열면 "음마!" "수연아" 하는 말과 함께 험난했던 집 밖에서의 하루를 위로하듯 가족만이 줄 수 있는 다정한 에너지가 나를 감싼다.

아이를 낳기 전에는 나를 뒤로하며 매일을 버텨야 하는 이유가 없었던 것 같다. 결혼을 하고 내 가족을 이루긴 했으나 남편도 나도 제 한 몸 책임질 수 있는 성인이니 서로를 위해 버틴다는 느낌은 들지 않았다. 아이를 낳은 후에야 나 자신만큼이나 소중한 사람이 생긴다는 게 어떤 의미인지 알게 되었다. 아이는 나와 남편을 믿고 험난한 세상에서 살아갈 용기를 낸 존재이며, 비록 완벽하거나 좋은 엄마가 아니어도 이 아이에게 엄마는 나 하나뿐이다. 이 아이의 행복을 위해 기꺼이 지난한 순간을 버틴다.

사실 아이가 첫 돌이 되기 전까지 종종 과거의 자유로운 삶으로 돌아갈 수 없다는 것이 절망스럽기도 했다. 절망과 좌절을 반복하며 포기할 수 없었던 것들을 포기하고 나니 오히려 희미했던 삶의 목적이 명쾌해졌다. 아이를 낳기 전에는 상상하지도 못한 부모라는 세계를 알게 되었다. 그렇다고 나를 버려 가며 아이만을 최우선하는, 우리 부모 세대나 그전 세대가 그랬던 것처럼 삶의 목적이 아이인 것과는 다르다. 나로 살아가되 내가 나를 아끼듯이 내가 지키고 행복하게 해 줘야 할,

보호해 줘야 할 작은 대상이 생긴 것이다. 맛있는 걸 먹으면 같이 먹고 싶고, 좋은 걸 보면 함께하고 싶어지는, 행복한 하루를 나누고 싶은 사람들이 생긴 것이다.

이제야 비로소 '버티다'라는 의미 안에는 무언가를 위해, 누군가를 위해 노력한다는 의미가 포함되어 있음을 깨닫는다. 이제는 '참고 견디다'에 주목하기보단 '노력하다'에 주목한다. 버티는 사람이란 버티는 이유가 뚜렷한 사람, 목표가 뚜렷한 사람이다. 그리고 그것을 이루기 위해, 더 나은 무언가를 위해 노력하는 사람이다. 드라마를 보다가 이런 대사가 들려 영상을 멈추고 잠시 생각에 잠겼다. "내 자존심은 나한테 가장 소중한 걸 지키는 거예요." 자존심도 없이 버티는 것처럼 보이던 게 실은 자신에게 소중한 걸 지키는 진짜 자존심이었다. 이제는 어딘가에 붙어 버티는 스티커를 더 이상 애처롭게 바라보지 않는다. 비록 지저분한 자국을 남기더라도 여기에 붙어 버텼다는 흔적을 보며 흐뭇해한다.

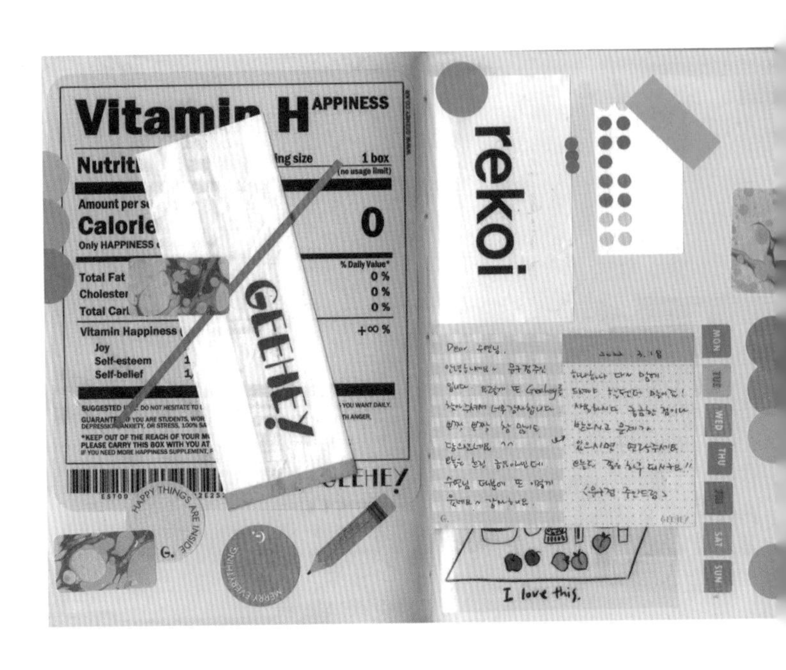
Vitamin HAPPINESS
1 box
(no usage limit)
Calorie
0
Only HAPPINESS
Total Fat
Cholester
Total Carl
% Daily Value*
0 %
0 %
0 %
Vitamin Happiness
+∞ %
Joy
Self-esteem
Self-belief
GEEHEY!
HAPPY THINGS ARE INSIDE
G.
MERRY EVERYTHING
reKoi
Dear 수연님.
I love this.
MON
TUE
WED
THU
SAT
SUN

itoya
ginza
TOKYO KYUKYODO
鳩居堂
kyukyodo
ginza
¥440
¥400
4580110029807
Merci
itoya
KYUKYODO

순간을 이어 붙이는 문구

주머니 사정을 생각하지 않고 같은 모양의 스티커를 여러 장 살 때 어른이 되었다고 느꼈다. 이것저것 둘러보고 그중에서 제일 마음에 드는 스티커를 딱 한 장만 살 수 있었던 어린 시절과는 달리 경제적으로 독립한 후에는 사고 싶은 스티커를 마음껏, 그것도 중복되는 모양을 여러 장 샀다. 그러고도 아무도 뭐라고 하지 않을 때 느껴지는 자유로움이란. 여러 장 구매한 스티커를 더 이상 애지중지하지 않고 붙이고 싶은 곳에 턱턱 붙일 때의 쾌감도 어른의 기분인 것 같아 스티커를 마구 붙이며 나의 어른스러움에 취하기도 한다.

어렸을 때는 스무 살, 서른 살이 되면 자연스럽게 어른이 되어 있을 줄 알았다. 어린아이의 시선으로 본 부모님은 처음 하는 일도 아주 쉽게 해냈으니 나도 어른이 되면 뭐든지 척척 잘할 줄 알았다. 모르면 용감하다는 말처럼 한갓진 생각이 아닐 수 없다. 경제적 독립을 어른의 기준으로 삼는다면 진작에 어른이 되었지만 아직도 매 순간 어렵고 처음 하는 일을 두려워하는 건 조금도 나아지지 않았다. 어른이 되어도 당연하게 할 수 있는 건 하나도 없었다. 오히려 멋모를 때는 할 수 있었던 것도 실패의 두려움 때문에 시도조차 해 보지 않을 때가 많아졌다.

어른이 되어 스티커를 언제든지 원하는 만큼 살 수 있게 되었는데, 아직도 스티커를 붙이기 전에는 긴장하고 머뭇거린다. 스티커 하나 잘못 붙인들 그게 뭐 그렇게 대수로운 일이라고. 스티커 하나 붙이는 일에도 이렇게 걱정을 한다는 게 때론 어이없다. 그걸 의식하는 순간이면 울적해지기도 한다. "단 하루라도 걱정 없이 살고 싶다!"를 외치는 날이 점점 많아진다.

작년 겨울 일본 여행을 하다가 우연히 들어간 스튜집에서 스티커를 발견했다. 1인석 테이블 앞에 별과 산타클로스가 귀엽게 붙어 있었다. 주인의 아이가 붙인 걸까? 아니지, 어쩌면 주인이 아기자기한 걸 좋아해서 스티커를 직접 사서 붙였을 수도 있잖아, 혼자 생각하다가 누군가 이 스티커를 붙이고 있는 순간이 그려졌다. 아이든 어른이든 스티커를 붙이는 그 순간만큼은 걱정도 없이 즐겁지 않았을까?
그날 호텔로 돌아와 새하얗게 내버려 둔 여행 노트를 펼쳐 글을 쓰고 스티커를 붙였다. 3년 만의 일본 여행에서 나는 고작 새 노트 한 권 시작하기를 두려워하고 있었다.

우리의 모든 순간은 흘러간다. 실수도 흘러가고 성공도 흘러간다. 순간을 깨닫는 순간은 이미 흘러간 순간이다. 하지만 노트에 기록을 남기는 순간부터 노트 안 시간은 멈춘다. 펜을 들어 무언가를 쓰는 순간, 노트에는 그 기록이 남는다. 설령 기록한 내용을 지운다고 해도 없었던 일처럼 완벽하게 지우기는 힘들다. 그래서 혼자 여행을 하는 것보다 새 노트를 펼쳐 무언가를 기록하는 게 더 두려웠던 모양이다.
흰 종이에 여행의 순간을 기록하고 여행하며 산 스티커를 자유롭게 붙이니 그제야 긴장이 좀 풀렸다. 마음에 드는 스티커를 미리 넉넉하게 사 둔 어른의 경제력 덕분에 스티커를 붙이는 이 순간이 더욱 행복하다. 새 노트에 새로 산 스티커를 망설임 없이 붙이는 행위를 통해 걱정이 없던 어린 시절로 돌아가는 것 같았다. 스티커를 통해 어른이 되었다가 다시 어린이가 된다.

스티커는 어른과 어린이의 마음을 서로 붙여 주기도 한다. 얼마 전 유재석과 이동욱이 출연하는 토크 프로그램의 편집본을 봤다. 딸이 자신의 휴대폰에 스티커로 폰꾸를 해 줬다며 유재석이 자랑하자 이동욱은 스태프들이 빵을 먹고 난 후 남는 스티커를 자신의 휴대폰에 붙여 둔다며 자랑하는 장면이었다. 영상은 스태프들이 붙인 스티커를 그대로 둘 만큼 털털한 이동욱의 매력에 초점을 두고 있었다. 부모가 되기 전이었다면 나도 고개를 끄덕였을 것이다. 하지만 엄마의 입장이 되자 딸의 폰꾸를 자랑하는 유재석에게 눈길이 갔다. 스티커를 바라보는 나의 시선이, 스티커가 지닌 의미가 달라졌음을 깨달았다.
말끔한 정장을 갖춰 입은 모습과는 전혀 어울리지 않게 각종 스티커가 잔뜩 붙은 휴대폰을 들고 다니는 사람들이 있다. 모양새를 보면 자녀가 붙인 것이 분명하다. 처음에는 귀찮아서 스티커를 떼지 않는 줄 알았다. 부모가 되어 보니 알겠다. 어떤 캐릭터인지도 모르지만 아이의 흔적을 떼어 내는 게 왠지 내키지 않는 그 심정을. 아이가 붙여 준 작은 스티커에는 큰 위로와 응원이 담겨 있다. 아이가 몰래 붙여 둔 스티커를 보는 순간 아이가 떠오르고 내가 여기에 있는 이유를 다시금 상기한다.

며칠 전 깔끔한 것을 좋아하는 남편의 휴대폰 케이스에 스티커 한 장이 붙은 것을 발견했다. 아이가 다니는 문화 센터에서 매 수업 시간마다 나눠 주는 아이의 이름이 적힌 스티커였다. 그 스티커를 휴대폰 뒷면이 꽉 차도록 붙여 놓았기에 왜 아직도 버리지 않고 붙여 놓았는지 물었다. 남편도 같은 마음이었다. "우리 아이 이름이 써 있는 걸 어떻게 그냥 버려."
아이가 붙인 것도 아니고 아이가 이름을 쓴 것도 아니지만 아이 이름이 적혀 있다는 이유만으로 스티커조차 버리기 힘들어졌다. 휴대폰 뒷면에 어설프게 붙은 그 작은 스티커를 끝내 떼지 못하는 사람들. 아이가 막무가내로 붙여 놓았다고 머쓱하게 말하면서도 접착력이 약해진 스티커가 떨어질세라 손으로 다시 한번 꾹꾹 누르며 번지는 희미하지만 단단한 미소를 본다.

엄마는 스티커를 좋아해

초등학교에 입학하기 전까지 스티커는 재미있는 장난감이었다. 학교를 다니면서부터 스티커는 무언가를 꾸미거나 가리는 수단이 되었다. 노트나 필통 같은 소지품에 마음에 들지 않는 요소가 있으면 스티커를 잔뜩 붙여 꾸몄고, 친구들과 노트 한 권을 돌려 가며 펜팔장을 만들 땐 글자 위에 작은 스티커를 붙여 우리만의 비밀 유지 장치로 사용하기도 했다. 사춘기가 시작되고 나서는 그렇게 붙인 스티커가 흑역사처럼 느껴져서 소지품에 붙은 것들을 모조리 떼어 내는 시절을 보냈다. 지금도 아주 어릴 적에 선물 받은 틴케이스 가방 위에는 스티커를 붙였다 떼어 낸 자국이 지저분하게 남아 있다.
어린 시절엔 스티커를 싫어하는 어린이가 오히려 주목받을 정도로 스티커를 좋아하는 건 그렇게 특별한 일이 아니었다. 하지만 이 나이가 되도록 여전히 스티커를 좋아하는 건 조금 특별한 시선을 받는 일이기도 하다. 나로 말하자면 똑같은 스티커를 여러 장 사 두어도 아까운 마음이 들어서 매번 붙이는 걸 실패하는 사람이다. 그렇게 스티커를 모아 둔 파일이 세 권이나 있고, 파일에 보관하지 못하는 롤 스티커와 조각 스티커가 책상 서랍 두 칸을 차지하고 있다.

아이가 태어나면 드디어 나의 스티커들이 빛을 보겠구나 생각했는데, 막상 아이와 함께 놀아 보려니 이제껏 소중히 모셔 둔 스티커를 쓰는 게 아까워서 아이의 손이 닿지 않는 곳에 도로 넣어 뒀다. 아이는 스티커를 붙이는 것보다는 구기고 찢는 것에 더 관심을 보였고, 스티커 북에 적힌 것과는 전혀 상관없는 곳에 스티커를 붙이거나 사방에 흩뿌려서 치우고 정리하는 시간이 더 걸렸다.

당연한 일이지만 아이를 낳고 라이프스타일이 많이 달라졌다. 자고 싶을 때 자서 일어나고 싶을 때 일어나고 먹고 싶을 때 먹는 것, 화장실에서 여유롭게 시간을 보낼 수 있는 자유가 줄어들어서 아쉬웠다. 그래도 이런 것들은 이제는 적응이 되어서 감내할 수 있지만 최근까지도 내 시간을 내가 온전히 주도할 수 없는 것을 인정하기가 힘들었다.

아이가 서고 걷기 시작하고 또 손가락 근육을 점점 더 정교하게 움직일 수 있게 되면서 서랍장에 있는 온갖 물건들을 헤집어 놓고 뒤죽박죽으로 만들기 시작했다. 소중한 문구들을 수납해 놓은 서랍장도 예외일 수는 없다. 잠시 한눈을 팔면 도장 뚜껑이 모두 열려 있고 아이의 손과 얼굴은 금세 도장 잉크로 범벅이 되어 있다. 전에는 각 칸에 어떤 문구가 들어 있는지 파악할 수 있었는데 이제는 찾는 물건이 그 칸에 없거나 엉뚱한 물건이 다른 칸을 차지하는 게 보통의 일상이 되었다.

그리고 아이가 깨어 있는 시간 동안 노트에 뭔가를 쓰려고 하면 노트는 금세 의미 없는 낙서들로 가득 찼다.

온갖 생각들로 시끄러운 머릿속을 정리하기 위해서는 노트에 사각대며 기록하는 시간이 꼭 필요했다. 그래서 온종일 아이가 잠든 뒤 고요해진 시간만을 기다렸고 어쩌다 아이가 예정된 시간에 잠에 들지 않으면 화가 나기도 했다.
기어이 어린아이에게 화를 낸 날에는 나쁜 엄마가 되었다는 죄책감에 휩싸여 후회하기도 하고 내 시간을 온전히 갖지 못한다는 것에 절망하기를 여러 번. 이제는 나만의 시간을 확보하고 싶다는 생각을 반쯤은 포기하기도 했지만 대신 내가 좋아하는 시간에 기꺼이 아이를 초대해 함께하는 장족의 발전을 이뤘다.

노트를 펼쳐 놓고 볼펜을 끄적이다가 아이가 볼펜을 가져가면 아이의 색연필로, 그마저도 가져가면 연필로 적는다. 도구에 구애받지 않고 최대한 집중해서 작은 생각이라도 적는다. 내가 그러고 있으면 아이도 엄마를 따라 작은 손에 연필을 쥐고 내 노트에 낙서를 끄적인다. 노트는 금세 어지럽게 채워지지만 낙서 사이사이에 기록을 남겨 생각이 날아가지 않도록 잡아 둔다. 엄마인 나에게는 기록을 남기는 시간, 아이에게는 오감을 자극하는 시간이다. 특히 어른의 행동을 따라 하는 아이에게 무언가를 적는 엄마의 모습을 보여 줄 수 있는 건 좋은 기회라는 생각이 든다.
그렇게 생각을 바꾸고 나니 아이가 스티커를 내 예상

과 다르게 붙여도, 규칙에 어긋나게 붙여도 예전처럼 마음이 불편하지 않다. 스티커를 아끼지 않고 여기저기 붙여도 그저 귀여워서 웃음이 날 뿐이다. 이렇게 일말의 조심스러움이나 양해도 없이 나의 궤도에 불쑥 들어온 아이를 천천히 받아들이고 있다.

나는 왜 엄마가 되어서도 무작정 욕심부리는 세 살 아이처럼 별것도 아닌 걸 아이한테 내주기가 어려웠을까. 겉으로 보면 단지 아이에게 스티커를 양보할 수 없는 옹졸한 엄마였지만 내면에는 다른 사람에게 섣불리 말할 수 없는 이유가 자리 잡고 있었다. 나는 나만의 시간을 아이와 나누는 게 힘들었다. 엄마가 되었지만 여전히 내가 좋아하는 것들을 즐기는 시간이 필요했다. 온전히 내가 주도권을 가지고 쓸 수 있는 나만의 시간. 언젠가부터 내가 좋아하는 취미로 채웠던 시간이 아이가 좋아하고 아이가 하고 싶은 것들로 채워졌다. 나의 자유로운 시간은 아이의 성장 속도에 비례해 점점 더 줄어들었다. 주변에서는 아이가 초등학교에 입학하면 혹은 중학교에 들어가면 여유로워진다고 했다. 나만의 시간은 그때 다시 가져도 늦지 않는다고 말했지만 내가 좋아하는 것들을 그때까지 유예할 자신이 없었다. 엄마이기 전에 스티커를 좋아하는 '나'도 여전히 존재하기 때문이다.
아이를 우선시하지 않고 여전히 나만 생각하는 이기적

인 엄마인 것 같아서 내 마음과 참 많이 싸웠다. 그렇게 지난하게 싸우다 보니 깨달은 것도 있다. 엄마의 역할에는 내 취향을 아이에게 소개하고 아이의 눈높이에서 함께 즐길 수 있는 적절한 지점을 찾는 일도 포함된다. 아끼는 스티커를 양보하고 아이의 방식으로 스티커 놀이에 참여하면서 내가 좋아하는 것을 아이와 나누고 함께하는 법을 배워 가는 중이다.

"엄마는 스티커를 좋아해." 스티커 북으로 아이와 함께 놀고 있던 남편이 아이에게 말했다. 엄마는 스티커를 좋아하니까 이 스티커를 엄마에게 전해 주라는 말을 더했더니 아이가 스티커를 들고 내게 달려왔다.
"너도 스티커 좋아해? 엄마는 스티커 좋아해."라고 답하며 놀이에 동참했다. 스티커를 좋아하는 아이는 커서 스티커를 좋아하는 엄마가 되었다. 기대했던 것보다 스티커 북 놀이에 집중하지 못하는 아이를 보며 이 아이는 스티커에 그다지 관심이 없는 것 같다고 생각하다가, 엄마에 아이까지 합세해 스티커를 좋아하면 온 집안이 스티커로 채워질 수도 있으니 오히려 안심이라는 엉뚱한 결론을 냈다.

나중에 아이가 엄마를 소개하는 자리에서 어떻게 말할지 궁금하다. "우리 엄마는 스티커를 좋아해요!" 아마도 이렇게 말할 것 같다. 그럼 "네, 저 스티커 좋아해요!"라고 당당하게 응수해야지. 그때쯤이면 이 작은 스티커 이야기를 담은 책이 세상에 나오고도 한참이 지나 있을 테니 내가 스티커를 좋아하는 마음이 조금은 증명되어 참 다행이다. 누군가에게는 무용한 스티커에 이렇게도 많은 이야기가 담겨 있다. 역시 스티커는 대단한 문구다.

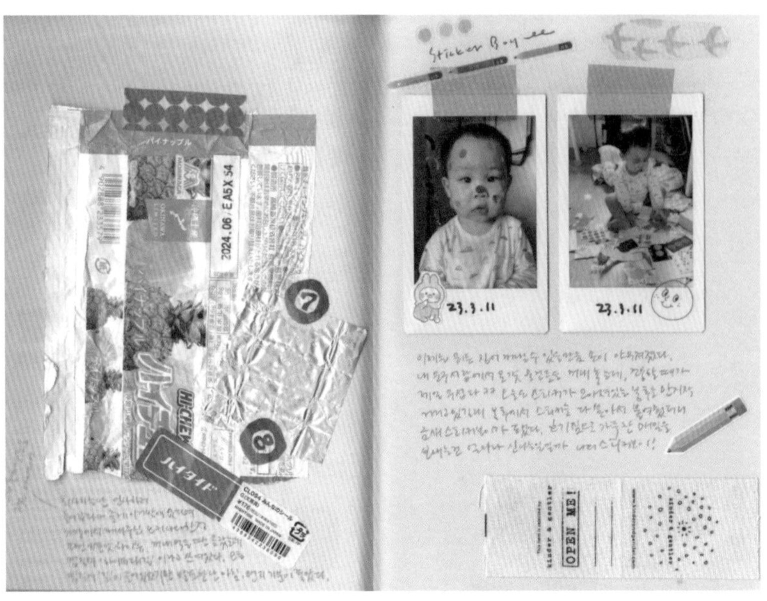

2024.06 / E A5X 54
HI-CHEW
23.3.11
23.3.11
OPEN ME!

서울 A261
신길
신선A-83
(보통 한동안 숨기고 있던 감정이나 말이) 쏟아져 나오다.
Reading
like wondering
POINT OF VIEW

채민지 @rolled_paint

마스킹 테이프를 재료로 그림을 만드는 작업을 하고 있습니다. 마스킹 테이프 전문숍 롤드페인트를 운영하며 마스킹 테이프 아트의 영역을 평면에서 입체적인 일상으로 확장시켜 나가는 활동을 합니다. 첫 번째 책으로 『마스킹 테이프 아트』를 펴냈습니다. 마스킹 테이프를 찢어 붙이며 몰입하는 순간에 행복을 느낍니다.

{ 마스킹 테이프 }

"마스킹 테이프를 사물에 덧붙이는 순간
사물과 나 사이에 애정이 생기는 것을 느낀다."

15mm × 10M
: 마스킹 테이프 폭의 비밀

15㎜라는 좁은 폭에 놀랍도록 오밀조밀한 그림들이 디자인된 세상을 처음 마주하고서는 어릴 적 미니어처를 접했을 때가 떠올랐다. 미니어처 숍을 부단히 들락거리며 소장용 소품을 사 모을 정도로 그 세계에 푹 빠져 있을 때였다. 자그마한 모형을 가만히 들여다보고 있으면 그 안의 이야기가 볼수록 섬세하고 정교해서 말없이 감탄했다. 마스킹 테이프를 바라볼 때도 비슷했다.
마스킹 테이프를 가느다랗게 오려서 덧붙이는 작업을 하다 보면 그 시절에 만났던 미니어처들이 하나둘 연상된다. 그럴 때마다 마치 모형 제작자가 된 것 같은 기분이 든다. 미니어처의 입체적인 모형을 나는 평면으로 펼쳐 놓는 작업을 하는 것이 아닐까, 생각하다 보면 마스킹 테이프로 만들어 낸 그림 조각들로 완성한 나의 작은 세상이 마냥 낯설게 느껴지지 않았다.
어린 시절부터 지금까지의 모든 경험은 개별적인 동시에 서로 연결되기도 했다. 마치 우리 안에서 구슬로 꿰어지듯 단단하게 엮여 이어지는 이야기들이 있는 것이다. 미니어처 숍을 다니던 어린 시절을 지나 다 큰 성인이 되어 방문한 문구점에서 나의 타깃은 동글동글 마스킹 테이프가 진열된 매대였다. 그렇게 또다시 작은 세상을 탐구하는 나의 호기심 가득한 여정이 시작되었다.

마스킹 테이프와의 설레는 조우. 1년 365일 마스킹 테이프를 조몰락거리는 지금에 비하면 처음 접했을 당시에는 마스킹 테이프를 그렇게 많이 사용하지 않았다. 엽서나 포스터, 친구들에게 받은 편지 혹은 좋은 글귀를 적어 놓은 쪽지를 벽면에 붙이거나 선물을 포장할 때 부러 꺼내 사용해 보기도 했지만 그때뿐이었다. 수집의 즐거움에 모아 둔 마스킹 테이프는 시간이 지날수록 책상과 서랍, 가방 곳곳에 자리를 차지하게 되었다. 이렇게나 쓰임이 없을 줄이야! 그럼에도 문구점에서 마스킹 테이프를 마주하면 어김없이 바구니에 몇 개를 주섬주섬 담았다. 마스킹 테이프 아트 작업을 시작하기 전까지 내 손에 들어온 마스킹 테이프는 온전한 빛을 내지 못했다.

게다가 이 마스킹 테이프라는 것의 길이는 단번에 예측되지 않는 10M. 평소 미터 단위를 사용할 일이 없다 보니 포장 라벨 뒷면에 상세하게 적힌 규격 정보도 보는 둥 마는 둥 했다. 마스킹 테이프의 일반적인 폭은 15㎜, 총 길이는 10M로 이는 건축 도장 시 양생의 목적으로 사용하는 산업용 마스킹 테이프가 아닌 장식 용도의 디자인 마스킹 테이프 기준이다. 누군가에게는 금세 소진하는 길이일 수도 있지만 하루 5㎝씩 사용한다고 가정했을 때 200일, 그러니까 6~7개월 동안 사용할 수 있는 제법 넉넉한 양이다. 하지만 그 많은 날들에 한 가지 마스킹 테이프만 쓰기에는 일상이 너무 다채롭지 않은가. 우리 삶에는 늘 '때에 따라' '상황에 따라'라는 변수가 붙기 마련이므로 보통 하나를 다 쓰기도 전에 다른 디자인의 마스킹 테이프를 구매한다. 그중 어떤 건 금방 쓰고 어떤 건 줄어들지 않는 것처럼 느껴지기도 한다. 단순히 육안으로 보이는 크기와 손에 잡히는 느낌만으로 전체 길이를 판단할 수 없는 이유는 마스킹 테이프마다 지관 크기가 다르기 때문이다.
우리나라는 보통 1인치 코어(지관의 내경)를 사용하기에 약 26mm(정확히는 2.54cm) 지름의 지관에 마스킹 테이프가 돌돌 말리는 형태로 제작된다. 긴 휴지심처럼 생긴 지관에 마스킹 테이프가 감기고, 그것을 김밥 썰듯 자르면 우리가 아는 마스킹 테이프의 모양이 되는 것이다. 디자인 마스킹 테이프의 시초라 할 수 있는 일본 카모이 카코시 사의 mt에서는 30㎜ 지관을 사용한다. 일본에서는 산업용 마스킹 테이프를 제작할 때 30㎜ 지관을 사용하는데 산업용 마스킹 테이프를 기반으로 시작한 mt가 이 영향을 받은 것으로 보인다. mt의 다양한 시리즈 중 키즈 라인 마스킹 테이프는 라벨에 'mt for kids'라는 문구가 적혀 있다. 아이들이 마스킹 테이프를 한 번에 감싸 쥘 수 있도록 일반 사이즈보다 작은 25㎜ 지관을 사용했다. 총 길이도 10M가 아닌 7M로, 길이가 줄어든 만큼 부피도 줄어들었다. 특정 대상을 고려한 콘셉트를 만듦새에 충실히 반영해 낸 제품이다. 디테일도 놓치지 않은 섬세함에 놀랐던 기억이 지금도 선명하다.

포장 라벨 뒷면에 적힌 규격 정보를 살펴보게 된 건 마스킹 테이프 아트를 시작한 후였다. 하나의 패턴을 넓게 이어 붙여서 바탕을 만드는 작업을 할 때 필요한 폭을 계산해야 했기 때문이다. 기본 폭에서 곱해지는 배수로 면적에 몇 번을 이어 붙일지 대략적인 횟수를 가늠한다. 이때부터 마스킹 테이프의 폭이라는 기준이 나에게는 더욱 선명한 숫자로 다가왔다.

이제는 마스킹 테이프를 볼 때 가장 먼저 라벨의 뒷면을 확인한다. 맨 처음 보이는 정보는 마스킹 테이프의 폭. 15㎜ 폭이 가장 많기는 하지만 시중에는 10㎜, 12㎜, 18㎜ 등 다양한 폭의 마스킹 테이프가 있다. 특히 슬림 마스킹 테이프로 판매되는 종류(3~6㎜)는 독서나 필기를 할 때 형광펜처럼 밑줄을 긋는 역할로 좋다. 심지어 살살 긁어 떼어 낼 수도 있으니 볼펜이나 연필보다도 부담 없이 사용하기 좋아서 내 책과 노트에는 형광펜으로 그은 밑줄보다 마스킹 테이프로 표시한 밑줄이 더 많다. 20~50㎜, 그 이상으로 훨씬 널찍한 종류까지 마스킹 테이프의 폭은 그 안의 디자인만큼이나 다양하다. 나에게 마스킹 테이프의 폭은 붓의 호수와 같다. 물감으로 채색할 때 필요에 따라 아주 얇은 세필붓이나 널찍한 면적을 빠르게 칠할 수 있는 페인트 붓을 고르는 것처럼 마스킹 테이프의 폭을 선택하는 것이다. 그렇게 고른 것을 쭉 찢어서 붙이는 것만으로 채색이 된다.

나는 계속 궁금했다. 마스킹 테이프는 왜 하필 15㎜ 폭이어야 할까? 10㎜가 기준이 되거나 20㎜가 기준이 될 수는 없을까? 물음표가 커져서 mt 공장에 직접 연락을 취해 15㎜ 폭의 비밀에 대해 문의했다. 통상적으로 산업용 마스킹 테이프는 15㎜, 18㎜, 21㎜ 폭으로 제작되는데 mt 마스킹 테이프는 디자인 문구용으로 설계되었으니 일상에서 실용적으로 활용하기에 가장 적합하다고 판단되는 15㎜를 기준으로 만든다는 답변을 받았다.
15㎜ 폭의 마스킹 테이프를 손으로 찢어 특정 모양을 만들 때마다 좁은 폭 때문에 불편하기도 했다. 그럴 때면 어쩔 수 없이 마스킹 테이프를 살짝 겹쳐 붙여서 넓게 만들었다. 목마른 내가 스스로 활용법을 발견해 가는 일도 흥미로웠지만 갈증은 좀처럼 해소되지 않았다. 그래서 직접 제작하기로 했다. 찢고 오리고 이어 붙이는 마스킹 테이프 아트 작업을 할 때 가장 편안한 폭을 기준 삼아 마스킹 테이프를 만들기로 한 것이다. 마스킹 테이프 디자인 시안 이미지를 여러 폭으로 출력해 가장 자주 붙이는 모양대로 하나둘 찢어 보았다. 구름과 산, 하나의 나무 잎사귀 형태가 편안하게 찢어지는 폭을 바랐다. 원하는 형태를 자유롭게 찢어 내기에는 폭이 넓을수록 좋았지만 생활 속 마스킹 테이프의 쓰임도 무시할 수 없었다. 간간이 작은 메모를 붙이는 용도로 사용할 때는 폭이 넓은 마스킹 테이프에 손이

가지 않았다. 이렇게 저렇게 손으로 찢어 붙여 보며 찾은 '20㎜'라는 폭. 그렇게 롤드페인트만의 붓의 호수를 찾게 되었다.

붙였다 떼었다
: 울퉁불퉁, 마음처럼 되지 않는 길을 따라서

학창 시절에는 휴먼 다큐멘터리를 즐겨 봤다. 평생 동안 한 분야에 몰두하며 곧은 심지로 삶을 묵묵히 살아가는 장인 정신을 크게 동경했다. 언젠가는 나도 어떤 한 가지에 골몰하고 싶다는 생각을 했다. 깊이 좋아했던 일을 할 수 없게 되었을 때의 상실감은 여러 번 겪어도 익숙해지지 않는 것이었다. 성숙하지 못했던 어린 시절에 거듭된 좌절의 경험은 나를 무력감에 빠지게 만들었다. 그러고는 더 이상 실패도 도전도 없이 그저 편하게 살아가고 싶다는 안일한 태도를 지닌 사람으로 만들어 놓았다. 그런 멋없는 마음의 한가운데 있으면서도 그 마음과 멀어지고 싶어서 발버둥 치던 와중에 손에 쥐어진 것이 마스킹 테이프였다.

마스킹 테이프라는 도구가 작업의 주재료가 되며 차츰 생각에 변화가 찾아왔다. 마스킹 테이프의 붙였다 떼었다 할 수 있는 '재점착'이라는 특징은 시작도 전에 망칠 것을 두려워하는 마음에 용기를 불어넣어 주었다. 일단 한번 붙여 봐, 마음에 안 들면 다시 떼어 낼 수 있어. 그렇다면 가볍게 시도 정도는 할 수 있지 않을까. 불안으로 가득 차 불편했던 마음이 이내 조금씩 편안해졌다. 소심했던 나는 이 도구에서 가능성을 보며 다시 의욕을 불태웠다. 의지만 있다면 계속해서 원하는 방향으로 수정할 수 있었다. 타고난 능력은 부족해도 오기 하나로 끈기 있게 늘어지고 붙잡았다.

마스킹 테이프를 하루 종일 조몰락거리며 붙였다 떼었다 수정하는 일들이 썩 나쁘지 않았다. 오히려 몇 번이고 붙였다 떼기를 반복하며 딱 맞는 자리를 찾아 헤매는 행위를 과감히 즐기는 경지에까지 이르게 되었는데, 그 과정이 무척 흥미로웠다. 작품에 붙일 가장 마지막 패턴과 위치를 결정하기까지는 수없이 많은 수정이 필요했다. 뜻밖의 형태로 모습을 바꾸다가 갑자기 완성되는 장면(결과물)은 마치 우리 삶의 모습도 얼마든지 다양해도 괜찮다는 것을 보여 주는 듯했다. 이것은 곧 삶이 뒤바뀌는 것에 대한 섣부른 두려움을 넘어서 변화의 과정을 통해 헤매고 부딪히는 순간의 기쁨을 알게 해 준 계기가 되었다.

갈팡질팡하며 방황하던 나의 지난 시간이 마스킹 테이프 조각에 축소판처럼 투영됨을 느낄 때면 가슴 깊숙이 갈망하는 것에 대한 감각이 깨어났다. 종이 위에 마스킹 테이프를 이리저리 옮겨 붙이며 모난 부분을 가위로 잘라 내어 다듬는 행위가 삶의 모양새를 정돈하는 일과 별반 다르지 않다는 생각이 들었다. 세상 어디에도 완전한 것은 없다. 결핍된 부분을 계속해서 보완해 나가기를 멈추지 않을 때 우리는 더 나은 사람이 될 것이다. 꿈꾸는 모습과 닮기 위해서는 불완전과 안정의 경계를 넘나들 줄 아는 담대한 마음가짐이 필요했다. 살면서 모르고 지나칠 수 있었던 나의 모습도 그 경계에서 마주할 수 있었다. 그 속에서 넘어지고 망가지는 경험은 진정한 나를 만날 수 있는 기회가 되었다.

마스킹 테이프의 재점착을 경험해 봤다면 붙일 장소를 찾는 데 망설이지 않아도 괜찮다는 것을 알게 된다. "이 시대에 유일하게 아날로그적으로 실행 취소가 가능한 도구였네요." 팀원의 이 한마디에 '실행 취소'라는 의미가 너무 좋다며 동시에 박수를 짝짝 쳤다. 맞다. 떼어 내면 흔적도 없이 되돌아가는 완전한 실행 취소뿐 아니라 몇 번이고 덧붙이고 다듬는 '리터칭' 보정 또한 가능하다. '올가미' 치듯 칼로 오려 내어 붙였다 떼었다 하며 '이동'도 할 수 있다. 웬만한 디지털 작업 못지않다. 작업 환경도 큰 제약이 없다. 바깥에 나가서 작업을 하고 싶을 때는 간편하게 마스킹 테이프 몇 개와 작은 드로잉 노트만 챙기면 된다. 부피가 작은 만큼 어디서든 비교적 눈치를 보지 않고 작업할 수 있다. 꼭 뭘 쏟거나 어지럽히는 나에게 마스킹 테이프는 아무리 생각해도 제격인 도구다.

마스킹 테이프와 두 손만 있다면 준비는 끝났다. 방법도 모른 채 마스킹 테이프를 주욱 찢어 종이 위에 붙이는 것이 시작이었다. 처음에는 삐뚤빼뚤 생각처럼 잘 찢어지지 않았다. 그때는 감정 상태도 안정적이지 못했다. 그 무엇도 마음처럼 되지 않던 나날. 이 작은 테이프 조각 하나도 어쩜 이렇게 내 마음 같지 않을까, 하며 더욱 갈구하는 마음으로 붙잡고 찢어 붙인 날들도 있었다. 그러던 중에 의외의 조각이 온전하게 그림에 맞아떨어질 때, 기대하지 않았던 조각에서 예상치 못하게 마무리 지어질 때도 있었다. 우연이었다. 이런 우연성에 매료되어 지난 10년이라는 시간 동안 마스킹 테이프를 찢어 붙이는 행위가 단 한 번도 싫증 난 적이 없다.
때로는 예측 가능한 곧은길보다 그 너머를 알 수 없는 굴곡진 길을 따라가 보는 것이 더 즐거울 수 있다. 여기에 의지와 용기가 더해진다면 마스킹 테이프처럼 우리 삶의 방향도 언제든 재조정할 수 있다. 이러한 마음 모두 마스킹 테이프를 찢어 붙이며 얻게 된 것들이다.

돌돌 말려 있는 물감
: 돌이켜 보면 어려서부터 표현의 도구가 필요했다

"그 많은 도구 중 왜 하필 마스킹 테이프였나요?" 매장을 운영하는 동안 손님들에게 가장 많이 들은 질문이다. 가로수가 우거진 골목길을 따라 나란히 자리한 상점들 사이 주렁주렁 기다랗게 늘어뜨려진 정체 모를 무언가를 발견하고서는 호기심에 매장 코앞까지 성큼성큼 발걸음을 옮긴 분들도 계셨다. 테이프인 걸 확인하고는 관심 밖의 물건이라는 듯 그냥 가 버리는 사람이 많았고, 포장용 리본 테이프를 판매하는 상점으로 착각해 들어오는 분들도 상당했다. 매장 깊숙이 발걸음을 옮기면 그제서야 나의 설명과 함께 이곳이 오로지 마스킹 테이프로만 가득한 공간이라는 것을 눈치채고, '좋아하니까 시작하신 거겠죠?'라는 식의 질문을 던진다.

오픈한 지 얼마 되지 않았을 때는 손님들의 돌직구 질문이 많았다. 그럴 때면 생각은 물밀듯이 떠오르는데 어떻게 설명해야 할지 몰라 말문이 막혔다. 방구석에서 마스킹 테이프로 그림을 찢어 붙이는 작업을 시작한 지도 어느새 10년. 단순히 '좋아하니까'와 같은 원초적인 감정을 넘어선 무엇이 분명 있었지만 어쩐지 형용하기 어려웠다. 그런 와중에 손님들의 돌발 질문은 내 안에서 여러 질문을 탄생시키며 되새김질하게 만들었다. 왜 마스킹 테이프여야만 했는지. 무얼 그토록 이야기하고 싶었는지. 물음표를 따라갈 때마다 마주치게 되는 것은 어린 시절의 나였다.

유치원 시절부터 천식을 심하게 앓았다. 뿌연 모래 먼지가 날리는 놀이터보다 곳곳에 소독약 냄새가 짙게 밴, 한 톨의 먼지도 용납되지 않을 듯한 병원을 훨씬 더 자주 오갔다. 그 시절의 기억에는 부모님의 등에 업혀 다급하게 병원을 쫓아다닌 순간, 계속되는 뜀박질에 어깨를 들썩이던 부모님의 가쁜 숨이 늘 따라붙는다. 밤에 누우면 토할 듯한 기침과 쌕쌕거리는 호흡 탓에 가슴이 아닌 어깨로 겨우겨우 숨을 쉬어야 했다. 그 어린 나이에 곧 죽을 것 같다는 캄캄하고 숨막히는 불안을 느꼈다.

병원에서는 열세 살이 되면 천식 증상이 좀 나아질 거라고 했는데 정말 열세 살부터 천식은 조금씩 완화되었다. 대신 아토피가 심해졌다. 천식 완화에 수영이 좋다는 의사 선생님의 추천으로 학교에서 수영부 생활을 시작했다. 하고 싶어서 안달이 났던 건 수영이 처음이었다. 더 이상 골골대는 예전의 내가 아니라며 학교 생활에도 부쩍 자신감이 붙었다. 그런데 수영을 하면서 천식은 호전되었으나 원인을 알 수 없는 아토피가 악화되기 시작한 것이다.

해가 지면 이불 속으로 들어가야 하는 밤이 무서웠고 새로 맞이해야 하는 아침이 두려웠다. 새벽마다 외롭게 치른 전쟁의 흔적은 이불에 묻은 핏자국과 몸의 상처들로 고스란히 드러났다. 진물로 범벅이 된 피부에서 옷과 머리카락을 살살 떼어 내며 매일 아침 패배한 듯한 기분을 불과 몇 년 전까지도 느꼈다. 일상생활에도 영향을 미쳤다. 울긋불긋한 피부를 보고 사람들이 나를 어떻게 생각할까, 아픈 것보다 사람들의 눈을 살피는 데 진을 빼며 지냈다. 그렇게 스스로를 결핍이 많은 사람으로 여기며 살았다.

인터뷰를 하거나 첫 책을 쓰면서 마스킹 테이프와의 첫 만남을 반짝이는 우연처럼 묘사하고는 했지만, 사실 그 시기의 나는 무척 어두웠다. 마스킹 테이프를 손에 쥐기 직전까지도 오랜 시간 앓아 온 질환을 컨트롤할 수 없다는 무력감에 깊이 빠져 있었다. 고질병. 내 안에서 자연스럽게 일어나는 증상, 나의 일부. 그저 받아들일 수밖에 없다고 생각했던 몸의 변화들. 다만 피부를 벅벅 긁던 손을 어떻게든 묶어 두고 싶었다. 캘리그라피를 접하며 펜에 손을 의지했지만 잠깐이었다. 그때 만난 것이 마스킹 테이프다. 인생 그래프가 바닥을 찍던 순간에 뜻밖의 선물처럼. 인생의 변곡점은 늘 이런 식으로 찾아온다.
두 손을 다른 곳에 집중시켜야 한다는 생각에 무작정 펜을 잡았던 내가 마스킹 테이프를 손에 쥐게 된 건 우연이 아니다. 우연처럼 보이는 일도 파헤쳐 보면 연결고리가 있다. 문자의 아름다움에 빠져 나만의 획을 찾겠다며 나뭇잎부터 칫솔, 이쑤시개까지 이런저런 도구를 다뤄 보았지만 막상 나의 감정은 문자로 담아내기 어려웠다. 그렇다면 문자가 아닌 그림으로 표현해 보자는 생각이 들었다. 그림을 좋아했지만 그리는 것에는 영 소질이 없었다. 캘리그라피를 접하며 단 한 번의 획, 그 일회성의 가치를 배웠지만 한번 칠하면 지울 수 없는 먹과 물감이라는 도구는 시작도 전에 자신감을 뚝 떨어트려 놓았다. 그런 내가 마스킹 테이프의 물성에 매력을 느낀 것은 당연했다.

2019년 봄, 작업실 겸 숍을 준비하며 공간에 이름을 붙여야 한다는 생각이 들었다. 다라이님(남편)과 몇 날 며칠을 고민해서 결정한 이름은 'rolled, 말려 있는' 'paint, 물감' 즉 돌돌 말려 있는 물감이었다. 다라이님과 나는 그 순간 온몸에 전율을 느꼈다. 동시에 "이거다!" 했을 정도였지만 주변 반응은 미적지근했다. 발음이 쉽지 않고 어감이 낯설다는 평에 다시 고민해야 하나 했지만 아무리 생각해 봐도 나에게는 rolledpaint가 맞았다. 실제로 페인트 가게인 줄 알고 붓이나 방수제가 있는지 문의하는 사람들이 있긴 하지만. 나에게 마스킹 테이프는 돌돌 말려 있는 물감 '롤드페인트' 그 자체다.
돌돌 말려 있는 이 물감으로는 그림을 그리는 것이 아닌 만든다는 관점으로 접근해 볼 수 있다. 종이에 찢어서 붙인 한 줄의 마스킹 테이프는 그 자체로 하나의 채색이 된다. 그전까지는 나도 무언가 포장하거나 벽에 붙일 때 마스킹 테이프를 찔끔 찢어서 쓰는 게 다였기 때문에 한 줄이 아닌 두 줄, 아래로 옆으로 이어 붙이며 만나는 면의 형태는 새로운 자극이었다. 손으로 찢어 낸 단면이 거슬리기도 했지만 언제 그랬냐는 듯 자연스러운 매력으로 여기게 되었다. 쭉쭉 찢어 붙이다 보면 글씨를 쓰던 때가 생각나기도 하고, 학창 시절 춤을 추던 시절이 떠오르기도 했다. 글씨를 쓸 때 좋은 획을 찾고 싶었던 것처럼, 춤을 출 때 나만의 플로우를 만들어 내고 싶었던 것처럼, 나의 고유한 선을 발견하고 싶은 마음으로 기꺼이 마스킹 테이프를 찢는 일을 반복했다.
돌이켜 보면 어려서부터 항상 표현의 도구가 필요했다. 춤으로 시작해서 한때는 패션 디자이너가 되겠다며 의상 창작에 욕심을 냈고, 문자의 세계에 매료되어 캘리그라피에 푹 빠졌다가 나도 모르는 사이 마스킹 테이프에 정착했다. 건강이 악화되는 시기에는 의도치 않게 제약된 공간에서 생활하며 솟구치는 욕구를 억눌러야 했다. 그러다 보면 잔뜩 억압된 감정 때문에 꼭 탈이 났고, 갑갑한 현실에서 벗어나고자 하는 몸부림은 더욱더 커지기만 했다. 나의 창작열은 늘 좁은 방구석에서부터 시작되었다. 마스킹 테이프만 있으면 방 안에서도 여행하는 기분을 즐길 수 있었다. 가까이 있던 주변 사물들도 차분히 바라보다 보면 본래 형태가 저랬었나 싶을 정도로 새롭고 낯설게 느껴졌다. 몇 년을 함께한 의자, 컵, 접시와 처음 대화를 나누는 듯한 기분이 들었다. 언젠가부터는 모든 사물이 내게 말을 걸어오는 듯했고, 그 기분 좋은 소란함 덕분에 아픈 시간을 잘 지나올 수 있었다.

매장에 찾아온 손님에게 책갈피 종이를 건네며 마스킹 테이프를 붙여서 마음껏 꾸며 보기를 권한다. 수줍은 말투로 "저는 정말 손재주가 없어서요" "제가 붙이면 망할 거예요"라며 샘플을 붙이는 것조차 망설이던 손님들이 그 작은 공간에서 1시간을 넘게 고민하며 창작의 세계에 푹 빠지기도 한다. 말 그대로 온전히 집중하는 시간. 어떤 손님은 최근 들어 무언가에 그토록 오랜 시간 집중한 것이 처음이었다고 말했다. 그렇게 함께 결과물에 대한 이야기보다 과정에 대한 값진 후기를 즉석에서 나눈다.
흐트러진 마음을 모을 곳이 필요해 선택한 것이 마스킹 테이프였다. 이 도구를 통해 이제는 나뿐만 아니라 손님들도 몰입감을 느끼게 되었다. 손바닥만 한 종이에 자신들의 취향을 한껏 담아내고는 흐뭇해하는 손님들을 볼 때마다 가슴 한구석이 간질거린다. 역시 좋아하는 것은 어떻게든 티가 나기 마련인 법이다. 손님들의 취향을 마스킹 테이프로 한 번 더 콕 짚어 드러나게 만드는 나의 일이 꽤 괜찮은 것 같다.
꿈과 현실의 괴리 속에서 아무도 뭐라고 하지 않았지

만 스스로 패배자의 기분을 느꼈던 날들이 있었다. 꿈꾸는 대상보다 꿈꾸는 마음속 실체가 무엇인지 알아차리는 일이 더 중요하다는 사실은 나의 도구, 마스킹 테이프를 만나고 알게 되었다. 실패라고 생각했던 과거의 꿈들은 나의 방향을 찾아 나가려는 시도이자 나를 갈고닦는 노력의 시간들이었다. 그것으로 충분하다는 생각이 들었다.

무아지경無我之境, 정신이 한곳에 온통 쏠려 스스로를 잊고 있는 경지.
애니메이션 〈소울〉에서는 영혼과 육체 사이의 공간을 '어둠의 구역'으로 묘사한다. 무언가에 깊이 몰두해 무아지경에 빠진 사람들이 가게 되는 전혀 다른 차원의 세상이다. 내가 가려움도 두려움도 잊은 채 찢어 붙이기에만 몰두할 수 있었던 것도 무아지경의 힘이 아니었을까. 삶에 집중할 수 있는 자신만의 도구가 주어진다는 것은 큰 축복이다. 그 도구는 특별하지 않아도 괜찮다. 누군가는 달리면서, 또 다른 누군가는 책을 읽으면서 자신의 삶에 온전히 몰입한다. 몰입의 원동력은 무엇일까. 아마도 간절한 마음과 사랑일 것이다. 무아지경에 빠진다는 것. 그건 열렬히 사랑한다는 마음이지 않을까. 다들 어떤 순간에 무아지경을 경험하는지 궁금하다.

하루에 한 조각
: 일상이 예술이 되는,

하나의 마스킹 테이프를 끝까지 사용하는 사람들이 얼마나 될까? 나조차도 몇 년째 그대로 보관 중인 마스킹 테이프가 있다. 가장 큰 이유는 양이 너무나 넉넉하다는 점일 것이다. 10M라는 길이는 가격 대비 꽤나 이득이라는 생각이 들 정도다. 또한 우리는 직접 사용할 것이 아니더라도 소장용이라는 독특한 목적으로 물건을 사기도 한다. 매장을 운영하기 전까지는 나도 작업할 때 필요한 마스킹 테이프를 종종 사 모았다. 일부 패턴은 각 브랜드마다 은근히 구매가 까다롭고 여차하면 단종되는 품목들이 생겨서 몇 개씩 추가로 쟁여 놔야 안심되고는 했다. 그런 것들이 하나둘 모이다 보면 어느새 서랍 구석에는 단종되어 희귀해진 마스킹 테이프가 차곡차곡 쌓였다. 아까워서 쓰지도 못한 채 몇 년이고 고이 모셔 두는 것이었다.

오프라인 숍을 운영하는 일의 매력은 손님들과 꽤 다양한 범위의 이야기를 나눌 수 있다는 점이다. 그것도 생생한 표정과 반응을 감상하며! 어느 날에는 한 손님이 마스킹 테이프가 예뻐서 구입했는데 생각보다 활용도가 낮아서 방구석에 쌓여 가고만 있다고 했다. 마스킹 테이프 한 롤을 끝까지 사용하는 게 역시 쉬운 일은 아니지 싶다가도 또 다른 손님에게서 지난주에 산 것을 그새 모두 사용하고 추가 구매를 위해 재방문했다는 이야기를 들을 때면 사용자에 따라 이렇게 쓸모가 다를 수 있구나 하는 생각을 한다. 같은 종류의 마스킹 테이프를 서너 개씩 구입하는 손님에게 혹시 포장을 따로 해 드려야 하는지 물었다가 하나는 오늘 당장 사용할 것, 다른 하나는 소장용, 또 다른 하나는 친구에게 선물할 것이라는 대답을 듣기도 했다. 사람들의 소비 패턴이 생각보다 다양하다는 것을 매장을 운영하며 체감했다.

그러나 창작자이자 판매자의 입장에서 마스킹 테이프를 단 하나도 제대로 사용해 본 적 없다는 이야기를 그저 개인의 소비 방식에 달렸다며 체념하고 넘길 수만은 없었다. "예쁜데 다꾸를 하지 않으면 쓸데가 없어." 매장에서 종종 듣게 되는 이 말에서 마스킹 테이프에 대한 일반 대중의 인식을 알 수 있었다.

롤드페인트는 대구 봉산동의 지상 1층 매장에서 시작되었다. 그러다 보니 지나가다 호기심에 방문하는 손님도 제법 많았는데, 그분들은 대체로 마스킹 테이프에 대해 잘 모르는 상태였다. 마스킹 테이프 그 자체만으로도 낯선데 마스킹 테이프로 그림을 그린다는 건 쉽게 관심 밖의 분야가 되는 일이었다. "미술 하는 사람들이나 할 수 있지" "다이어리 꾸미는 사람들이나 쓰지" 이곳을 운영하는 나조차 둘 중 어디에도 속하지 않음에도 손님들에게는 재주 있는 사람들이나 접근할 수 있는 도구라는 인식이 강해서 더는 좁히기 어려운 격차를 만들고는 했다. 그럴 때마다 이대로는 안 되겠다 싶은 마음이 더 커졌다.
결국 아쉬운 사람이 그 벽을 허물 방법을 고민해야 했다. 그렇게 평면을 바라보던 내가 고개를 들어 삼차원의 세계로 시선을 옮겼다. 나는 이미 일상 속에서 마스킹 테이프를 자연스럽게 활용하고 있었다. 급하게 무언가를 고정해야 하는 순간에도, 어두운 색감의 옷에 먼지가 붙어 있을 때도 가방에서 슬쩍 꺼내 사용하는 것이 무척 자연스러운 행동이었다.
하지만 마스킹 테이프가 낯선 사람들에게는 그 쓸모를 떠올리기가 어려운 게 당연했다. 그렇다면 일단 그분들의 책상, 주방, 가방에 마스킹 테이프의 자리를 만드는 것이 나의 최우선 과제였다. 당장의 쓰임이 없더라도 가까이 두면 눈에 띄는 순간 새로운 용도가 생길 수도 있는 거였다. 그 유용함을 발견하기까지 좀 더 친해질 수 있도록 내가 그 쓸모를 전달해야겠다는 의지가 강력하게 일어났다.
처음으로 방문한 낯선 공간에서 낯선 도구에 대해, 그것도 낯선 이에게서 듣는 낯선 경험. 어쩌면 시작의 문턱에서부터 꽤 많은 용기가 필요하겠다는 생각이 들었다. 손으로 직접 만져 볼 수 있다면 조금이라도 벽을 허물 수 있지 않을까. 매장에 진열된 마스킹 테이프 샘플을 직접 사용해 보기를 바랐다. 애초에 샘플 사용은 정확한 색상을 확인하기 위한 목적으로 시작된 체험 콘텐츠였지만, 손님들도 자꾸 접해 봐야 친해지지 않겠는가. 좋아하는 친구를 다른 친구들에게도 소개하고 싶은 마음처럼 마스킹 테이프와 손님 사이가 그저 낯설지만은 않게 조금이라도 친해지기를 바라는 마음으로 샘플을 붙여 볼 수 있는 종이 한 장을 권했다. 그러면 손님들은 마스킹 테이프를 들고 시작 부분을 떼어 내기 위해 손톱으로 살살 긁어 일으켜 보기도 하고, '지이익' 하는 소리와 함께 잡아 당겨 보기도 한다. 이어서 '찍!' 하고 한 조각의 마스킹 테이프를 찢어 붙이면 자신도 모르게 한 줄의 채색이 완성되는 마법 같은 시간을 경험하게 된다.

어떤 마스킹 테이프를 붙이면 좋을지 이리저리 관찰하며 조화를 찾아 나서는 시간들을 통해 그간 잊고 있던 개개인의 짙은 감성을 자극해 보길 바랐다. 잠자고 있던 창의적 에너지를 깨우는 기분 좋은 자극이 되도록 사람들이 마스킹 테이프를 찢고 오리고 붙이며 감각을 깨우는 일을 스스럼없이 접해 보았으면 했다. 어린 시절 색종이를 잘게 찢어 붙여 그림을 만드는 모자이크를 해 본 경험이 있을 것이다. 마스킹 테이프를 찢어 붙이다 보면 손끝에서부터 순수했던 어린 날의 동심이 느껴질 때가 있다. 내게는 그 마음이 무척 귀했다. 현실은 비록 그렇지 못할지언정 마스킹 테이프를 가지고 노는 세상에서는 호기심 가득한 어린 아이의 눈을 가져도 된다. 오히려 그 시선이 필요하다. 좀 어설퍼도 문제가 될 것이 하나 없다는 그 세상 안에서의 자유로운 해방감은 좀처럼 변하지 않는 고립된 일상 속에서 종종 삶을 환기시켜 주는 친구 같은 존재로 나와 함께했다.

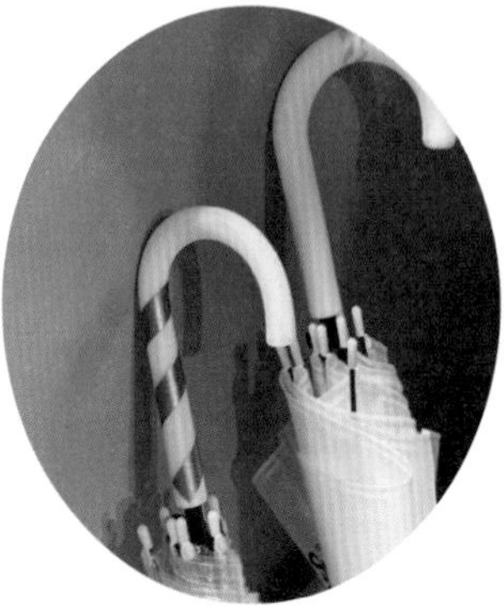

직접 찢어도 보고 붙여도 보며 재료에 대한 기초 이해가 이루어졌다면 이제는 실전이다. 각자의 라이프스타일에 맞게 생활 속에서 하루 한 조각의 마스킹 테이프 습관을 길러 보는 것이다. 이 기회에 쌓여 있던 마스킹 테이프를 하나씩 꺼내 나만의 고유한 영역에 채색하듯 물들여 보는 것이다. 여기서 다시 한번 강조하고 싶은 것 하나. 마스킹 테이프는 쉽게 떼어 진다. 꾸미는 데 재주가 없고 잘 망가뜨리는 나 같은 사람도 부담 없이 사용할 수 있는 도구가 바로 마스킹 테이프다.
가장 가까이에 있는 소지품부터 시작해 보자. 잃어 버리기 쉬운 펜이나 스마트 펜슬과 같은 작은 사물에 나만의 아이덴티티를 표현해 보는 것이다. 마스킹 테이프를 감아 붙이는 것만으로도 남들과는 다른 펜을 사용하는 기분을 느낄 수 있다. 한 줄만으로도 그 사물에 애착이 간다. 이 기분은 뭘까? 마스킹 테이프를 사물에 덧붙이는 순간 사물과 나 사이에 애정이 생기는 것

을 느낀다. 그 애정은 시간과 노력에 비례하고, 아무리 작은 사물이라도 함부로 할 수 없게 되는 마음을 길러 준다.

유행이 지났다거나 낡았다는 이유로 물건을 새것으로 바꾸고 싶다는 생각을 해 본 적이 드물다. 오히려 낡거나 특색 없다는 이유로 의미를 잃은 사물에 시선이 머물렀으니, 그 사물에 마스킹 테이프를 붙여서 새로운 의미를 부여하는 것에서 더 큰 가치를 느낀다. 마스킹 테이프와 피착체를 관찰하며 둘 사이에 온전히 스며들어 작업의 흐름을 이끄는 경험은 꽤나 매혹적이다. 스스로 존재감을 잊고 있던 시절 그 행위가 낮은 자존감으로부터 나를 꽤 많이 회복시켜 주었다.

평소에 자주 사용하지 않아서 처치 곤란이었던 마스킹 테이프가 있다면 빠르게 소진할 수 있는 방법이 있다. 마스킹 테이프를 길게 찢어서 접착면을 반으로 꼬깃꼬깃 접어 붙여 기다란 끈으로 활용하는 것이다. 알록달록한 마테끈(마스킹 테이프 끈)을 미리 만들어 두면 커튼을 묶거나 포장용 리본이 필요할 때 곧잘 쓸 수 있다. 전단지에 붙은 자석을 떼어 내 마스킹 테이프를 붙이면 디자인 마그네

틱으로 재활용할 수 있고, 인센스 스틱에 마스킹 테이프를 감으면 원하는 만큼 향을 피우고 자동으로 꺼지게 할 수도 있다.

예쁜 쓰레기라는 말이 안타까울 만큼 일상에서 활용할 수 있는 쓸모가 꽤나 다양하다. 무엇이든 소비를 하면 5년은 기본이고 10년 이상 애용하는 나로서는 생활 속에서 목적이 있는 쓰임을 좋아하는 편이다. 이런 성향은 매장을 운영하는 방식이나 우리가 만드는 마스킹 테이프 디자인에 영향을 끼친다. 그러니 마스킹 테이프의 쓸모를 강조하는 건 자연스러운 일이다. 마치 퍼포먼스를 하듯 '마스킹 테이프, 이렇게 하면 다 사용할 수 있어요!'를 알리기 위해 매장 내에서도 이곳저곳 옮겨 다닌다.
우리의 상상력이 무미건조한 일상에 작은 인식의 변화를 일으키기를 바라는 마음이다. 당장 손에 쥐어진 도구가 마스킹 테이프가 아니어도 좋다. 모든 사람들이 각자의 삶에서 붓을 쥔 아티스트와 같은 마음으로 삶을 관찰하며 살아가길 바란다. 내 손에 붓이 쥐어져 있다는 건, 또 그것을 들고 있다는 건, 삶에 부딪히며 몰두할 수 있는 준비가 되어 있다는 뜻이다. 하지만 붓을

쥐고 있는 것만으로는 의미가 없다. 자신의 의지로 각자의 삶을 저마다의 색으로 물들여 나가야 한다. 한 번의 칠로는 우리를 발견하기 어렵다. 하루 한 조각을 시작으로 무수히 덧바르는 시간을 거쳐야 비로소 우리는 그토록 찾았던 '나'를 마주할 수 있을 것이다.

롤드페인트를 찾는 손님들이 잊고 있던 취향을 발견하고 자신만의 우주를 찾으면 좋겠다. 삶을 더욱 단단하게 지탱하는 각자의 도구를 찾았으면 좋겠다. 그리고 마스킹 테이프와 함께하는 생활이 언젠가 하나의 놀이 같은 문화로 자리하길 바란다. 나는 그때까지 내가 할 수 있는 하루 한 조각의 실천에 온 마음을 다할 뿐이다. 모든 순간에 사랑하는 마음을 앞세우면 무엇이든 넘어설 수 있다고 여기며 지내 왔다. 우리 모두 사랑하는 일에는 애를 쓰는 마음을 아끼지 않길.

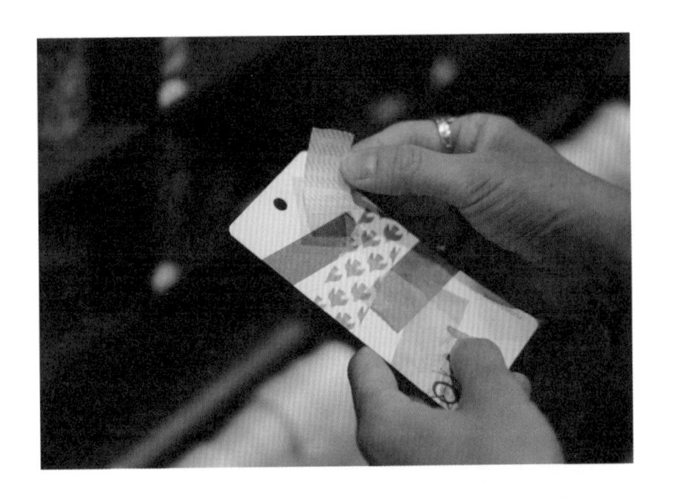

주의 사항
: 그 누구도 이런 이야기를 해 주지 않았다

카운터에서 결제를 마친 마스킹 테이프를 포장할 때 전달하는 안내 사항이 있다. “밝은색 마스킹 테이프를 눕혀서 보관하면 절단면에 먼지가 붙을 수 있으니 되도록이면 꼭 세워서 보관해 주세요.” 가끔 안내 멘트 앞에 ‘아실 수도 있겠지만’을 붙이기도 하며 조심스럽게 이야기를 꺼낸다. 손님들은 대체로 ‘아, 그래서 그랬구나!’ 하는 반응이다. 그러면 평소 마스킹 테이프를 어떻게 보관하고 있는지에 대한 질문으로 이어진다.
모두가 좋아하는 마음 하나로 통하기 때문일까. 손님들은 보관 중인 장면을 찍은 사진을 일부러 찾아서 보여 주기도 하며 적극적으로 이야기를 꺼내 놓곤 했다. 이렇게까지 사 모을 생각은 없었는데 하나둘 쌓이기 시작하니 감당이 안 되는 지경에 이르렀다며 책상 구석에 층층이 탑을 쌓듯 얹어 놓고 있다는 손님, 뚜껑도 없는 상자에 한데 뒤섞어 보관 중이라는 손님, 기다란 끈을 이용해 마스킹 테이프 지관을 통과시켜 매듭지어 보관한다는 손님도 있었다. 기다란 목걸이 형태가 된 마스킹 테이프를 평소에는 수납장에 대롱대롱 걸어 놓았다가 필요할 때 책상으로 들고 와서 사용한다는 말에 그 모습을 상상하니 너무 귀엽게 느껴졌다.

점착제가 도포되어 마무리 공정까지 이루어진 마스킹 테이프는 기다란 종이 지관에 감겨 다양한 폭으로 재단된다. 재단된 마스킹 테이프의 절단면은 점착면처럼 강하게 끈적이지는 않지만, 절단면을 바닥에 댄 채로 오랜 시간 보관할 경우 뽀얗고 깨끗했던 절단면에 거뭇거뭇한 먼지가 붙어 지저분해질 수 있다. 종이 혹은 벽면에 뜯어 붙이면 그제서야 마스킹 테이프 조각 가장자리에 티끌 같은 먼지가 빼곡하게 붙어 있는 것을 발견한다. 특히 밝은색 마스킹 테이프는 먼지가 붙으면 티가 많이 나기 때문에 구입하는 시점부터 보관에 주의를 기울이는 것이 좋다. 간혹 면 소재의 파우치에 보관하는 경우도 있는데 보풀이 일어날 수 있는 원단 파우치는 피해야 한다. 먼지가 붙어도 상관없다면 자유롭게 보관하면 된다. (나도 종종 면 파우치에 보관할 때가 있다!)

모든 마스킹 테이프는 장기간 보관 시 절단면이 바닥에 닿지 않도록 두는 것이 중요하다(셀로판 테이프와 양면 테이프 모두 마찬가지). 세운 상태로 서랍이나 상자에 차곡차곡 가지런히 놓는 것이 가장 좋은데, 솔직히 쉬운 일은 아니다. 보통은 책상 위에 쭉 펼쳐 놓고 사용하게 되니까. 그렇지만 기본은 '차곡차곡, 가지런히, 세워서!' 서랍이나 상자의 높이는 5㎝ 이상을 추천한다. 5㎝에서 6㎝ 높이가 되는 보관함이면 시중에 판매 중인 일반적인 마스킹 테이프는 대부분 보관이 가능하다. 총 길이 10M를 기준으로 보통 국내에서 제작되는 마스킹 테이프의 외경은 약 4.5㎝다(생산 시기에 따라 외경 길이에 차이가 있을 수 있다). 수입 제품의 경우는 지관 지름부터 다르기 때문에 국내에서 제작되는 것보다 조금 더 큰 약 4.8㎝로 보면 된다.

마스킹 테이프의 약한 점착은 건물 혹은 자동차, 가구 등과 같은 곳에 페인트칠을 할 때 특정 면적을 깨끗하게 보호할 목적으로 고안되었다. 하지만 장식 목적이 큰 디자인 마스킹 테이프의 경우 이 점이 문제가 되기도 한다. 잠깐 붙이고 떼어 내는 것이 아니라 몇 개월 혹은 몇 년이라는 긴 시간 동안 붙여 두었다가 떼어 내면 잔류 점착의 흔적, 끈적임 같은 현상이 남는 것이다. 벽에 마스킹 테이프로 붙인 엽서를 나도 몇 년째 그대로 두곤 하지만, 흔적을 남기지 않으려면 그 습관을 고치는 것이 좋다. 부착해 둔 마스킹 테이프를 교체한다는 것이 어떻게 보면 여간 귀찮고 번거로운 일이 아닐 수 없지만, 나의 생활 반경을 돌보는 일에 이 정도 수고스러움은 감수해야 한다. 마스킹 테이프를 붙인 곳의 컨디션이 좋거나 잔류 흔적이 남아도 크게 문제되지 않는다면 물론 상관없다. 그렇지만 마스킹 테이프가 장시간 외부 환경에 부착되어 노출되다 보면 점착제의 화학적 특성 때문에 환경과 조건에 따라 어떤 경우에는 다양한 화학 반응을 일으키기도 한다. 특히 고온과 직사광선에서 좀 더 취약하니 주의가 필요하다.

점착 기술이 발달한 곳에서 생산된 일부 수입 제품의 경우 이러한 문제점이 많이 개선되어 장기간 부착 시에도 끈적임이 남지 않는 편이다. 수입 제품을 자주 사용했던 과거의 나에게 마스킹 테이프라는 건 어디에든 잘 붙고 깨끗하게 떼어지는 도구라는 인식이 너무나 당연했다. 물론 잘 붙고 잘 떼어지는 게 맞지만 별도의 주의가 필요하다는 생각 자체를 하지 못했던 것이다. 그러던 어느 날 창가에 둔 마스킹 테이프의 점착제가 끈적하게 녹은 것을 발견했을 때 적잖은 충격을 받았다. 많은 사람들이 이렇게 보관하지 않을까 하는 생각에 혼란스러웠다. 고온에 점착제가 녹을 수 있으니 주의해야 한다, 직사광선을 조심해야 한다, 주기적으로 교체하는 것이 좋다, 기온 차가 심한 곳은 되도록 피해서 보관해야 한다 같은 섬세한 주의 사항이 필요해 보였다. 실제로 이 부분만 주의를 기울여 사용해도 '자꾸 끈적임이 남아요'와 같은 문제를 대폭 줄일 수 있다.
장기간 부착해도 흔적이 남지 않는 마스킹 테이프의 점착 기술 개발이 이루어질 때까지는 산업용 마스킹 테이프의 쓰임을 상기하며 벽에 붙은 마스킹 테이프를 종종 바꿔 주자. 피착체의 손상을 줄이기 위해서는 이 방법이 가장 안전하다.

나에게 붙였다 떼는 행위는 마치 운동선수가 근육을 만들기 위해 웨이트 트레이닝을 하는 것과도 같다. 특히 떼어 낼 때는 힘 조절이 필요한데 마스킹 테이프의 점착이 약하다고 해서 종이 혹은 벽면에 붙은 마스킹 테이프를 빠르고 강한 속도로 떼어 내면 함께 접착되어 있던 표면이 같이 찢어지며 떼어질 수도 있다. 마스킹 테이프 끝을 손톱으로 살살 긁어 일으킨 다음 살짝살짝 조금씩 힘을 주면 대부분은 손상 없이 떼어 낼 수 있다. 여러 차례의 벽면 손상과 종이 찢어짐, 가지각색의 손상 경험을 통해 터득한 요령이다.

+ 마스킹 테이프를 뗄 때 종이가 자꾸 찢어져요.
: 종이에 붙인 마스킹 테이프를 떼어 낼 때는 종이의 안쪽에서 점착면을 살살 긁어서 떼어 내야 한다. 종이의 테두리 바깔으로 튀어 나간 부분부터 잡고 떼어 낼 경우 재단된 종이의 측면과 함께 종이가 찢어질 수도 있으니 주의해야 한다.

+ 마스킹 테이프를 뗄 때 벽면이 손상돼요.
: 벽면에 붙인 엽서를 떼어 낼 때는 엽서를 붙잡고 떼어 내는 것보다 벽면에 붙은 마스킹 테이프부터 떼는 것이 좋다. 간혹 엽서를 잡는 것이 편해서 사선으로 홱 떼기도 하는데 이럴 경우 벽면이 손상될 수 있다. 페인트칠을 한 벽의 경우 페인트 조각이 함께 떨어질 수 있으니 특히 주의할 것. 나무로 된 가구도 마찬가지다. 이처럼 표면이 벗겨질 수 있는 영역에는 마스킹 테이프 사용을

신중히 생각해야 하고, 제거 시에는 최대한 조심스럽게 떼어 내도록 하자.

한창 마스킹 테이프를 구입할 때 그 누구도 나에게 이런 이야기를 해 주지 않았다. 왜일까, 왜 그럴까. 스스로에게 질문을 던지며 방법을 탐구해야만 했다. 지금은 함께 일을 하고 있는 동료들뿐만 아니라 롤드페인트를 찾아 주는 손님, 제작 공장 사장님들과도 마스킹 테이프의 다양한 면모를 함께 나눌 수 있어서 든든하다. 긴 시간 내밀하게 나눈 교감 덕분에 마스킹 테이프와 나 사이의 연결고리는 시간이 지날수록 더욱 끈끈해진다. 내게 가장 즐겨 사용하는 문구가 무엇이냐고 묻는다면, 그 대답은 고민할 것도 없이 '마스킹 테이프'. 내 손에 쥐어진 순간부터 위로가 필요한 모든 순간에 마스킹 테이프가 함께했다. 조금만 주의를 기울여 준다면 제 몫을 톡톡히 해내는 친구 같은 존재로 오래도록 함께할 수 있을 것이다.

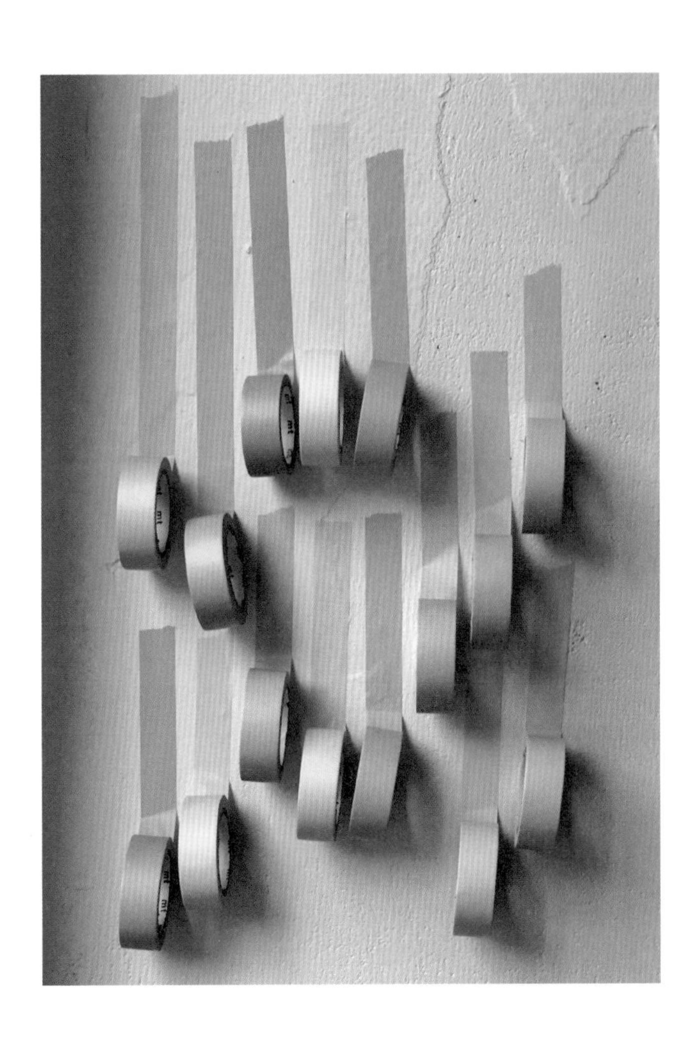

기록하는 수집가의 단짝 (문구)

좋아하세요? -08

초판 1쇄 발행 2023년 12월 22일

지은이 유지현, 이현경, 정다은, 정수연, 채민지
펴낸이 이광재

책임편집 김난아, 구본영
디자인 이창주
마케팅 정가현
영업 허남, 성현서

펴낸곳 카멜북스
출판등록 제311-2012-000068호
주소 서울특별시 마포구 양화로12길 26 지월드빌딩 (서교동 395-7) 3층
전화 02-3144-7113 팩스 02-6442-8610
이메일 camelbook@naver.com
인스타그램 www.instagram.com/camelbook

ISBN 979-11-93497-02-9 (03810)

* 책 가격은 뒤표지에 있습니다.
* 파본은 구입하신 서점에서 교환해 드립니다.